小嫣之雪國歷險記

楚瀅瀅

本書主角小嫣，
外表美艷如狐狸精，
卻有一顆小白癡的心腸，
對於男女之事尤其遲鈍，
「高齡」二十二。

楚殷

天才型藝術家。
繡閣的服裝設計師，品味極佳。
花錦城最佳貴公子，追求者最多。
身上總是透著薰香。
排行老四。

楚軍

楚家老二。大榮國將軍。
腦子比石頭還僵硬。
男兒本色篤信正義卻總拿小媽沒辦法。
座右銘是「百戰百勝」。

這個比賽是四人一組，
所以，小軍、小殷、小翊你們三個上！
再加上娘——

眾兒子：「不行！」

第一章

我的丈夫於六年前在戰場失蹤，六年後無預警的現身花錦城的慈善拍賣會上，許多人對他的身分存疑，我卻信誓旦旦的告訴每個人「他就是楚瑜」。

可是每說一次，我心裡就越發的明白，這個人根本不是楚瑜。

宮內一室安靜，北蒼國太子驀的揮揮手，宮女們立刻退出門外。下一瞬間他的視線落到景天太子身上。景天太子努努嘴，用最純潔可愛的眼光看著他。

兩人無言的互看一陣，莫名突然站起身，提起景天太子的衣領就像捉小雞那樣把他捉了出去。

「放肆，放開本太子，本太子不要走……」

景天太子的嗒呼聲一路出了門，直到門砰的一聲被關上，一切又趨於寧靜，而我還維持跪在地上的姿態。不是不想起來，而是軟弱到連站起來的力氣都沒有。

「沒想到會以這種方式相見，我本來希望能更自然一點。」我聳聳肩，抬頭看他。

「一直以來用別人的身分跟我們相處，應該很辛苦吧？」

北蒼國太子用那雙跟楚瑜有著六、七分相似的眼眸看著我，讓老太太我的呼吸不由得一滯。末了，他淺淺一嘆，伸手過來扶我。

「本太子很抱歉。」

「殿下沒有必要道歉。」既然有人願意攙扶，我也就老大不客氣的把手搭上去；雖然說他是一國太子，但晚輩扶長輩是應該的，算他有教養。

北蒼國太子蒼狼，年二十四，十二歲時被立為太子；不過這位太子相當低調，只聽說他個性文弱，長年臥病在床。但顯然這個消息並不準確，除了臉色略蒼白無血色外，我看不出他有任何的病態。

蒼狼扶我靠著床柱坐下，動作自然嫻熟。「喝點水好嗎？喝藥以後容易口渴。」

被他一提醒，我才覺得真的有些渴。我點點頭，蒼狼立刻端來一杯溫水。雖然不是第一次見面，我卻不由得為了他這分貼心生出好感，這孩子將來有前途……

我咕嚕咕嚕把那杯溫水喝光，放下水杯才發現蒼狼一直盯著我看，我把水杯遞還給他。

「謝謝，你真是一個貼心的晚輩。」

蒼狼聽了我的話，從嘴角逸出一絲笑意。

「沒什麼，習慣了。」他放下水杯，伸手替我把被子拉起來，蓋得密實些。

「這裡天氣嚴寒，妳不容易習慣，今天還不小心落水，記得蓋暖和些。怎麼這樣看我？」

「沒什麼，現在殿下沒有假扮成楚瑜的模樣，說這種話讓本夫人好不習慣。」一個半生不熟的人對自己太過親暱，總有種男女授受不親的感覺。

蒼狼無聲的抿唇一笑。

「是嗎？但我一直很期待這一天。我有很多的問題想問妳。」

替晚輩傳道授業解惑是老太太我生平樂事，我不由得笑逐顏開。「想問什麼就問吧！老太太我肯定知無不言，言無不盡。」

「妳是什麼時候知道我不是楚瑜的？」

「還以為要問什麼重要的事呢。你是不是對自己的易容很有信心，不覺得會被拆穿？」我反問。

蒼狼不答，顯然是默認。

「年輕人就是這樣，總是自以為聰明，都把別人當傻瓜。」我冷不防伸出手，觸上他的臉，果然不如外表看起來的柔滑，掌下的皮膚有些粗糙。

蒼狼反應不及被我得逞，一臉愕然。

「我以前聽楚瑜說過，天下易容者，大多是在臉上做文章，多摸幾下很容易出現破綻。

殿下還記得嗎?當我第一次見到你的時候，在擂臺上那時候我就知道了，所以才不去觸碰你的臉。」長時間的易容下，臉上的觸感一摸便知。

「從一開始就被妳看穿了嗎?」蒼狼苦笑一聲，也摸了自己臉頰一把。

「楚瑜可是我的丈夫，身為他的妻子，沒有道理連丈夫都認不出來。我從第一眼就明白，你不是他。」

「既然知道我不是楚丞相，為何要維護我?」

「也許是因為本夫人欣賞你，欣賞聰明勇敢的孩子。你身為一國太子，竟然易容喬裝潛入敵國，冒著生命危險前來，想必是有不得不這麼做的理由，老太太我一向拒絕不了認真的孩子。另一方面，也是對北蒼國這個國家相當好奇。」

我說著，眼光投向窗外，從窗縫中看見外頭正在下著細細綿綿的雪。

「外人都說北蒼國極寒，困苦貧窮，除了侵略他國以外，別無生存的手段，妳卻說妳對這個國家感到好奇?」

「我們楚家是經商的，自然想要了解各地的風土人情以及特產，好作為經商參考；地圖上的疆域是畫給君王看的，對我們而言，那些界線並不代表什麼。除此之外，我一直想來北蒼國卻苦無機會，殿下的出現給了本夫人一個絕佳的理由。」我轉過頭，正色面對蒼狼。「我想查明當年那場戰爭的真相。生要見人，死要見屍，在沒有見到楚瑜之前，我都不願意相信他已經死了。」

蒼狼因為這番話，沉默了好一會兒。

「妳只為了追尋這個真相而願意幫助我，甚至長途跋涉來到敵國？假使最後的真相並不是妳樂見的呢？」

「你還年輕，並不懂，清醒的痛苦，也總比活得糊塗好。」

蒼狼聽了這話，臉上露出一種莫可奈何的微笑。「瀅瀅，妳可知本太子比妳還年長兩歲？」

「我有六個兒子，你有嗎？」

「那這六個兒子誰是妳生的？」

「古人說生養大如天，生跟養都一樣重要。老太太我雖然沒有生的功勞，卻有扶養的苦勞，他們當然是我的兒子。」我挺起胸膛，言之鑿鑿，絕不容許外人質疑我們一家人的關係。

「確實，他們能有妳這樣的娘，是他們的幸運。」

一句話說得老太太我臉上放光，很少有人明白為人娘親的辛苦。

冷不防蒼狼握住我放在被上的手，一臉懇切的抬起頭來。

「瀅瀅，不對，以身分而言，我應該要尊稱妳一聲楚夫人。這次把妳請來北蒼國的手段雖然不甚光明磊落，可是本太子有不得不這麼做的理由，有事情需要楚夫人的幫助。」

被晚輩這樣誠懇的拜託，老太太我整顆心都軟了。這孩子只比楚明大兩歲而已；畢竟相處了這些日子，感覺也像自己的半個兒子。

「本夫人沒有怪你。如果怪你，今天也不會在這裡了。有什麼話你不妨直說。」

蒼狼感激一笑，收回手放在腿上。他正襟危坐的姿態讓老太太我很滿意。現在看外頭許多年輕人都沒這等禮貌，坐沒坐相、站沒站姿，那些孩子肯定年紀輕輕就脊椎側彎。

「其實是這樣的，本太子把楚夫人請來北蒼國，是想借重夫人的力量。楚夫人的盛名遠播，鄰近國家無人不知無人不曉，妳不但在丈夫失蹤沙場後一力扛起楚家，讓楚家蓬勃發展，還把六個兒子個個栽培成人中龍鳳，如今大榮國的富足安樂，說有一半是楚家支撐起來的也不為過。」

「呵呵，好說好說。」好話人人愛聽，這一番話聽得老太太我心花怒放，直讚蒼狼真是個有前途的孩子，說話這麼好聽。

「本太子一出生母后就去世。因為從胎中帶病出生，自小便臥病在床，直到近年才有好轉，雖然努力習武讀書，但父王卻始終對本太子不認同，他說我的個性過於軟弱，並不足以擔當一國之君的重任。以前本太子的夫子曾經跟我大大讚美過楚夫人教養有方，兒子們個個獨立，因而這次特別請楚夫人前來，希望楚夫人能教一教我。」

沒想到我教養有方的美名遠播，連北蒼國的太子都不恥下問；雖然請我來的手段不是那麼光明磊落，但人生在世誰沒做過一兩件違心事？

「本夫人當然很樂意。」我笑眯了眼，若是能拉攏北蒼國的太子，說不定那份棘手的協議能順利簽下。

蒼狼臉上立刻一掃誠惶誠恐，浮出笑容。「真的嗎？」

「當然是真的，我那些兒子們大多也都是一出生就沒了娘，本夫人很理解這種自小沒娘在身邊的感覺。」

真是可憐的孩子，還生長在不自由的王家，苦了他了，這樣一想就不禁多了幾分心疼，我伸手想拍拍他的肩，蒼狼卻下意識的扭頭閃開，一時之間有些尷尬。

「失禮了，但在王宮之中，本太子不習慣讓人近身……」

果然王室鬥爭自古以來都是最醜惡的，把一個好端端的孩子養得這麼戒慎恐懼，我嘆口氣，同時又想起一件事。

「那……殿下……」

「叫我蒼狼就好，既然是請求楚夫人來教導我，妳就相當於我的夫子，哪有夫子對學生恭敬的道理呢？」

「說得很好，親和力是成為好君王的一個很重要的條件，你已經具備了。」平常我教養兒子就是以讚美來鼓勵他們所有良好的行為，現在自然也如法炮製在蒼狼身上。

「那……蒼狼，本夫人聽說現在我的其他兒子們在你手中，既然你只是要找本夫人，那能不能把他們都放了，畢竟牢裡那環境你也知道，並不是很好……」

「妳不用擔心，本太子早已命人把他們移出大牢，帶到我私人的別院裡；畢竟楚丞相跟楚大將軍的身分太惹眼，實在不適宜在北蒼國內走動，要是被父王發現了，連本太子都很難保他們周全。」

他一番話讓老太太我心裡七上八下。的確，楚明跟楚軍一人是丞相一人是將軍，對北蒼國來說是絕對不歡迎的。

「那他們會不會有危險？」

蒼狼又綻出一個微笑。

「妳放心好了，我讓他們待的地方很安全，絕對不會被人發現。父王雖然不甚重視我這個兒子，但其他人還是會忌憚一下我這個太子。」

聽蒼狼這麼說，我舒了一口氣。

「那我能不能去見見他們？」平時朝夕相處，突然好一段日子沒見面，總覺得渾身不對勁，沒了那些孩子們在身邊，整個人就像空了許多。

「沒問題，但等本太子覷個空再帶妳過去好嗎？在那之前，妳先好好休息，要是因為落水併發風寒，那可會讓他們擔心的。」說著，他扶我躺下，順道幫我把被子拉高蓋好。我覺得有點熱，又偷偷把手伸出來，沒想到被眼尖的蒼狼看見。

「晚上把手伸出來是會著涼的。」說著，他不由分說又把我的手塞回被內。

「怎麼感覺又多一個兒子來管我？」我低低抱怨了一聲。

蒼狼輕笑。

「本太子倒是覺得妳那些兒子們，不只想當兒子。」

「什麼意思？」

「沒什麼，很晚了，趕緊睡吧！」

＊　＊　＊

「夫人，早安。」

隔天一早起來，就見到春桃拉開床幔對我笑得甜蜜，我下意識的回以一笑。

「香蘭呢？平時不都是香蘭來拉床幔的嗎？」

春桃愣了一下，旋即恍然大悟。

「夫人睡迷糊了，這裡可不是楚府呢！」

被春桃一提醒，老太太我才想起來。

「呵呵……一看見小春桃的臉，就以為回家了。」

春桃端溫水來給我洗漱。這邊天寒，反而把春桃原本就紅嫩的臉頰凍得更紅，正好像是冰天雪地裡開出的第一朵桃花。

「夫人想家了？」

「是有一點，但是這裡的異國風情也很不錯。」縱使是挺想念溫暖的大榮國，但老太太我抵死不承認。為人長輩出門幾天就哭哭啼啼思念故鄉成何體統，還要做榜樣給我兒子們看呢！

「夫人的衣裳準備好了。」外頭的簾子一掀，秋菊走進來。她一身秋香色的棉襖，領口一圈狐毛，甜淨的眉眼真是好看極了。

「秋菊，妳也調過來了嗎？」

「是的夫人，我跟春桃一起請調過來的。」

「真是太好了，有妳們陪在身邊，老太太我就不寂寞了。」

春桃跟秋菊聽了我的話，相視一笑。

早餐是我平日在楚府最愛喝的干貝粥，熟悉的味道讓老太太我連喝三碗，到第四碗的時候外頭傳來一陣說話聲。

下一刻，就看見一身裝束整齊的景天太子走了進來，小臉蛋上滿是嚴肅神情。我見還有其他宮女在場，只好放下碗彎身對他福了一福。

「嗯！不用多禮。妳們都先出去吧！」景天太子一揮手，把其他北蒼國宮女都趕了出去，春桃秋菊是自己人自然留下。

等宮女們一走，景天太子立刻深深吸了口氣，臉上的嚴肅表情土崩瓦解，一蹦一蹦跑到我面前。

「狐狸精！妳有沒有好一點？」

看來景天太子一早興沖沖的前來，是特地來關心我的狀況，這番心意讓老太太我心口一暖，一把將他摟進懷裡。

「不要隨便摟摟抱抱，放開本太子！」景天太子叫喊起來，奮力扭動身子掙脫我的懷抱。

他一邊整理被弄亂的衣裳，一邊氣沖沖的教訓我。

「本太子將來是要繼承大榮國的人，妳是大榮國的子民，身為國君關心自己的人民是天經地義，本太子當然不能放著妳不管，所以妳不必太過激動。」

「可是那天晚上你還要我抱著你睡……」

「那個……睡覺歸睡覺，醒著的時候不一樣。本太子允許妳晚上抱著本太子睡覺，不代表可以接受妳在光天化日之下抱著本太子，知道了嗎？」

景天太子說完這一串超齡的話，讓老太太我訝異得睜大眼睛。

「幹嘛這樣看本太子？」

「太子，你會用光天化日跟天經地義這麼難的詞彙耶！什麼時候你進步得這麼多？」

景天太子從鼻孔裡得意的哼了一聲；雖然身處他國，他的儀態已經有所收斂，但看來是慢慢鬆懈了，逐漸露出平時在大榮國的本性，調皮囂張得很。

「本太子可不是平凡人，將來是要成為一國之君的，當然接受的都是『印』才教育。」

「太子……是『英』才教育才對……」

景天太子的臉白一陣紅一陣，我還在猜測接下來會不會綠一陣，景天太子就轉身一甩袖子，氣呼呼的扔下話。

「印才教育就印才教育，要妳管！」

說著，他就推門跑出去，外頭宮女喊他也不理。

從窗口望出去，只見到他小小的身子在雪地裡跑得飛快。

我邊看邊忍不住笑起來。

「春桃，秋菊。」

「是。」她們齊聲一應。

「大榮國的未來，還真是讓人期待，對吧？」

第二章

吃過早飯，照例是要去散步，可是昨日落水的後遺症還沒全好，喉嚨發癢不時輕咳，春桃秋菊便力勸我別出去，老太太我只好窩在房內看書。

北蒼國尚武，崇尚俠義之風，連小說話本中都是這些情節，主角可能是身世坎坷，或是天之驕子，而唯一共通點都是練武奇才，踩到一個神秘大洞掉進去就會遇到高人跟武功秘笈，學了蓋世神功以後，出去闖天下打個風起雲湧。

老太太我向來不愛這些打打殺殺，一翻到這些內容都快速跳過，看了一早上的書只記得一句話——

「掌門，你竟敢跟貧僧搶師太。」

一句話有三個門派的糾葛，感情錯綜複雜，很有深意；老太太我向來喜歡有內涵的東西。

「在看什麼？」

還沒用午膳，蒼狼就來了。

「下雪了嗎？」我問。

蒼狼順著我的視線落到自己肩上，那上頭落了一些銀白的細小雪花。他淡淡一笑，伸手拂去。

「清晨時有下一點，去城外跑馬回來沒拍乾淨，卻讓妳發現了。」

「要做六個兒子的娘，心也要細一點。孩子長大了，總不能事事都去問他們，問久了他們也會感到厭煩，自然要自己觀察。」

「身子有好一點嗎？」他在我左側的椅子坐下，一臉關切。

「好多了，老太太我很強壯，小小的落水難不倒我。」

蒼狼又笑了，比起之前剛進北蒼國看見那些橫眉豎眼、身上聞起來常常有股臭酸味的大俠們，他溫和文弱的態度讓人看不出一點身為此國太子的感覺，有時候我也納悶，蒼狼既然是這樣的性格，又是如何扮得像楚瑜？

楚瑜性格嶔崎磊落，舉手投足盡是瀟灑，而蒼狼雖有貴氣，看人時卻總帶著一絲畏懼，但他不但扮了，還扮得極像，讓人抓不到任何小辮子。

「咦？妳在看什麼？」蒼狼看見我攤放在茶几上的書，瞟了兩眼，信口唸出：「掌門，你竟敢跟貧僧搶師太？」

「不錯吧！本夫人覺得這文字很有深意，需要參悟參悟。」

「不過就是一群人胡亂牽扯的關係，需要參悟什麼？」蒼狼道，面露訝異。

我噗哧一笑，把書拿過來。

「蒼狼，你知道嗎？這世上最讓人匪夷所思的事情，不是出現在書中，而是出現在人與人之間。寫這些小說的人，雖然是極盡天馬行空之能事，但總歸還是人，能想到的事情不超脫人的範圍；只是未發生過的事情，一般人想像不到。」

「我不明白。」蒼狼蹙起眉。

「就是說不管你以為自己有多特別，做的事情有多麼與眾不同，其實都曾經有人做過了。歷史總是一再發生，因為人所能做的蠢事就只有那麼一些。」我低下頭，翻過一頁。

「有些人只是平凡人，只能過著平凡的生活，有人能夠成為君王，統領著一國；可是不管是誰，人的情感都是一樣的，所以不管平凡人或者君王，都會做同樣的蠢事。」

蒼狼沉默了一會兒，又開口：「那妳的意思是說，我跟別人沒有什麼不同？」

「你是人，除了身分以外，跟別人又有什麼不同呢？有些東西會觸動人心，不管什麼樣身分的人都會被觸動，只有抓住這些東西，才能夠成為一個成功的君王。而這些東西，存在於你我心中，也存在於北蒼國所有百姓的心中。」

他眨了眨眼，似乎意會過來。

「我才剛來，今天的課程就開始了嗎？」

我聳聳肩，不置可否。

「寓教於樂，如果教育不能落實於生活中，那就失去教育的意義了。」

「願聞其詳。」

「一個好的君王，同時也是一個好的煽動者，要能讓百姓跟你一心，有時候是該懂得操弄百姓心中的感情。而這些事情，不管你讀再多聖賢書都不會明白的，也許你也該去搶一下師太。」

「我應該從人民現在喜愛閱讀的書籍或者愛看的戲劇中，去讀出他們想要的東西，把那些東西轉成對我有利的力量，而不是去禁絕這些東西，是嗎？」

我莞爾一笑，果然要當君王的都是聰明人。

「一點就通，還能舉一反三。」

蒼狼笑了一下。我招手讓人端過兩碟點心跟熱茶。春桃秋菊不知何時已經溜出去，可能是怕蒼狼知道還有楚府的人混進來。

「對了，我記得妳很愛聽曲，特地讓人請了一位歌女進宮。」

一句話讓老太太我臉上放光，笑逐顏開，感覺像啃了口灑滿糖粉的蜜果子。

「真的嗎？」

「是，可惜宮禁森嚴，沒有辦法讓整個戲班都進到宮內表演，妳只能在宮內聽聽曲解悶，真的很抱歉，委屈妳了。」

「不會，有曲子聽我就很開心了。什麼時候會來？」

「明天下午會進宮。」

「太好了！你果然是個前途無量的好太子，如此體察人心。」

蒼狼淡笑不語。

外頭的門板被輕叩兩聲，聽見侍衛的聲音遠遠響起。

「殿下，參拜大師的時間要到了。」

蒼狼一挑眉，朝我拱一拱手。「本來只打算來跟妳說歌女的事，沒想到坐太久，不過本太子獲益良多。」

「不用多禮。你要去參拜哪位大師嗎？」

「是太后這幾天特地請到宮裡的一位大師。聽說這位大師浪跡天涯，尋常人難得見他一面，太后找了很久才終於得見一面，那位大師昨天表示想要見太子一面，父王便下令要本太子過去一趟。」

「浪跡天涯的大師，聽起來好神秘。」我嘖嘖稱奇，好歹老太太我在花錦城也是以浪費……不，是慈善聞名的好夫人，雖然大師已經見多了，但聽見神秘兩字還是很好奇。

「妳想去嗎？」

「可以嗎？不是很神秘的大師？」

「只是在外頭聽聽應該不要緊；而且本太子坐轎子來的，轎內雖然窄了點，可是相當溫暖，就不用擔心妳會受寒。」

剛好老太太我待在房裡一早上正悶得坐不住，眼看春桃秋菊不在沒人管我，喜孜孜的一點頭。

＊　＊　＊

轎內真如蒼狼所說的狹窄，老太太我只好半倚在蒼狼懷裡。

「對了，那位大師的名號是什麼？」

「無名。」

「沒有名號？」

「不是，他叫無名。」

「為什麼要取一個名號叫做沒有名號？有時候我真不懂這些修道的人在想什麼，取什麼空寂、元滅、莫愁，每個聽起來都很要死不活。」

「本太子也不能理解。」

「對了，你知道嗎?在花錦城的蘭若寺內，有個方丈法號女不，那意思就是女性不允許進入，我覺得這根本就是性別歧視……」

路途不長，我都還沒跟蒼狼抱怨完那女不大師有多歧視女性，轎子就停了，外頭的侍衛喊了聲請，卻沒人來掀轎簾。我疑惑的看著纏到腰上的健壯手臂。蒼狼把斗篷一抖，將我們兩個人都罩在裡面。

「外頭風大，我抱著妳走一段。」蒼狼用他假扮楚瑜時的語氣溫文的說著。

轎內有些昏暗，那張與楚瑜有幾分相像的側臉讓老太太我愣了一下，忘了拒絕。

蒼狼抱著老太太我一出轎，就見所有的侍衛都頭低低，沒半個人抬頭。

無名大師所在的居所是一處別院，領路的侍衛在門外就停住了腳步。

有一名穿著青色棉襖的童子站在門外迎接。

「殿下請，大師已經在裡面等候了。」

「嗯。」蒼狼抱著我隨著童子入內。

屋內收拾得異常整潔，只有一桌一椅，內室看進去也只有一張禪床，隱約有個人影盤坐其上，雖然燃著暖爐，可是因為太過整潔空曠，反而有一種冷清感。

「殿下，大師只說要見您，可能要麻煩這位姑娘先在這裡候著。」

「好。」蒼狼點頭，把我放下。

人果然是要靠在一起才暖和，我剛被放下地就覺得有些冷。正這麼想著，蒼狼就除下身上的斗篷披到我身上。

「妳怕冷，多穿些。」

我感激的一笑。真是個有心的晚輩。他說罷，逕自挑簾進入內室。

「姑娘，請這邊坐。」童子拉開唯一一張椅子招呼我坐下，還端來熱茶；雖然環境很簡單，簡單到讓人懷疑這裡是否真是在王宮之內，可茶卻是極好的君山銀針，在舌尖上像是甜美的甘露，一下就消失在喉間，餘味清爽回甘。

「茶是你泡的嗎？」

青衣童子正在替暖爐添加柴火，聽見我這麼問，面無表情的轉過頭來。

「是。」

「你泡得真好。」

「謝謝誇獎。」說完，他又面無表情的轉過頭去添柴。

這童子的反應讓老太太我有幾分訝異。以往花錦城內的小和尚幫我做事時，只要我朝他們一笑，他們就臉紅得像煮熟的秋蟹一樣。每次我上完香回府時，總會聽見方丈在後頭責罵他們六根不清淨、魔障難除等話。

但有句話老太太我可是要憑良心說，其實那些方丈自己也常常臉紅……有一度我還以為臉紅是他們的修行之一。

我又啜了口茶。看著杯內的水氣上升，忽然覺得身邊安靜得嚇人，以往在府內總是有成群結隊的侍女們圍繞著我，兒子們三不五時也會來問安陪伴，晚上吃飯的時候更是一大家子熱熱鬧鬧的。

我是從什麼時候起，對這些孩子們生出依賴心了？一開始還以為是不習慣，只要久了就好，沒想到一天天過去，反而覺得身邊益發冷清。

「也不知道楚海那孩子一個人看家有沒有問題……」應該沒有幫陌生人開門吧？那孩子從小就是笨了一點，常常被人欺負，誰會想到那孩子竟然能當上堂堂的海幫老大？一開始老太太我還很擔心他，沒想到後來遠洋近海的航運竟然被他搞得有聲有色，多少西方的珍奇物品都要拜託楚海才能入手。

「話說我到現在還沒幫楚海想個座右銘，是不是該幫他選一個？」我思索著，拜託青衣童子替我弄來筆墨紙硯，磨好墨就咬著筆桿愣在那裡。

平時我替兒子們想座右銘，肯定是依照他們的個性，再來觀察他們未來的可能發展，找出一個最適合他們、對他們人生最有幫助的一句話當成座右銘，可是楚海這孩子我想了半天，就是沒想出半個特點。

「大智若愚……不對……楚海這孩子本來就笨了，甭期待他有什麼大智……小時了了……不對，這孩子小時就不起眼了……」

我在那邊思索半天，腦汁都絞乾一半還是沒有結果，最後把筆一扔。

「算了，以後再想，反正總會有機會。」不過我上次說這句話是什麼時候來著？

我往內室瞥了一眼，發現蒼狼還在跟大師對談，可以聽見蒼狼偶爾回應，不過大師的話語幾乎聽不見。

「大師啊……」我喃喃，趴在桌上想打盹，也許是到了午飯時間，肚子也開始餓，竟然始終無法入睡。

其實有一段時間，老太太我是不拜佛的。

剛傳來楚瑜死訊的那會兒，我抵死不肯相信他死了，素來很少拜佛的老太太我發了瘋似的，跑遍各大廟宇，賭咒發願用折壽來換回一個完整平安的楚瑜，請祂們賜給我一個神蹟。

可是，什麼都沒有，楚瑜的遺物被人送回來的那天，我抱著他最後穿過的衣裳在城內邊哭邊跑，帶著一大包的金豆子逢人就撒，要他們替我把廟都砸了。既然神明不保佑我，不給我神蹟，那燒香拜佛究竟是為了什麼？這些騙人的東西不如都毀了算了。

這事當時鬧得沸沸揚揚，楚明他們趕到現場卻勸不住我，後來還是鳳仙太后親自前來，兩個耳光啪啪把我捉上了鳳輦，回到王宮硬灌了我兩碗定神湯才讓我安靜下來。

可是誰也沒想到，那天夜裡我竟然轉醒，偷了王宮的馬跑出宮，跑了七天七夜，自己一個人到楚瑜失蹤的那個戰場，王宮派出的快馬竟然追我不著。

當我站在懸崖邊往下看的時候，面對著下方的黑暗，我突然徹底清醒過來，在這種地方是不可能有人生還的，那黑暗吞噬了楚瑜的一切，即便是用一把屠龍寶刀劃破黑暗，也依舊不能救出楚瑜。

既然沒了楚瑜，那生存又有什麼意義呢？我當時真是連尋死的心都有了，才想往下跳，卻讓人從後頭敲了一記，立刻被虎視眈眈的人口販子綁走。

後來雖幾經波折回家了，可有幾年我甚至連踏都不願意踏進寺廟。那個地方既不是神明的居所，也不是神明的墳墓，那究竟這種地方是為什麼存在的呢？

鳳仙太后知道了這件事，有回把我叫進王宮，帶著我一起去祭祀先帝，午後留我下來喝茶。那日是春日，東風一捲，桃花夭夭，灼灼滿天。

「瀅瀅，妳說，人既然死了，為什麼還要立墳墓呢？身體不過肉骨，總會歸於塵土，而對於一個會歸於塵土的身體，我們何必要去緬懷？」

被鳳仙太后這麼一問，我倒是一愣。

「這……我也不知道……」

「那妳告訴我，當妳站在楚瑜的墓前祭拜他的時候，妳都在想什麼？」

「想他以前對我說過的話，想著自己應該更堅強一點……」我的話戛然而止，不安的往鳳仙太后看去。她微微一笑。

「是了，墳墓不只是死去的人長眠的地方，也是活著的人心靈上的寄託。廟宇也是這樣的存在。人總是有力所不能及的時候，這時會想把自己的心靈寄託於一個更心安的存在。也許妳夠堅強，可以不需要這種存在，可是對於許多百姓而言，這是不可或缺的。」

「……太后為什麼要跟我說這些呢？」

「妳總是想做什麼就做什麼，哀家很欣賞妳這種性格，哀家也是；但我們要知道，有些事情即便再怎麼想也不能做，因為我們總受限於人這個身分，要以人的規則活下去。妳當年毀壞廟宇，在花錦城的民眾心中留下一個傷口，也是為楚家留下一個汙點。」

「我沒有這個意思。」

「哀家知道妳沒有這個意思，但是不管怎樣，妳破壞了一個讓許多人心安的所在，傷害了他們的信仰，這便是錯誤。」

我低頭不答。

鳳仙太后拍拍我的肩膀無聲的安慰，她的話我不能全懂，但只要會傷害楚瑜，傷害楚家的事情，我是一件也不會去做。

從那一天起老太太我大舉布施，不但把之前曾經因我而毀壞的廟宇修好，甚至還固定時間去上香添些香油錢，什麼也不求，就當作是拉攏人心。此番善行很快就為我楚家博得美名，人人都說是我們是積善之家。

後來我逐漸明白，有些事情不是求了就應該得。其實神也跟人一樣，能做的很有限。雖然沒了楚瑜，我卻有了六個貼心的兒子，其實上天並沒有欠我什麼。

只是，為什麼還是很想楚瑜……想著要是他能回來，要我拿現在所有的一切去交換也無所謂……

「瀅瀅？瀅瀅……」

聽，他在喊我，我迷迷糊糊張開眼，見到楚瑜就在眼前。我大概是又做夢了，畢竟我常常在夢中見到他。我伸手過去抱住他，深深把頭埋進他懷中，霎時他全身僵硬了下。

「楚瑜……」

他沉默了一會兒，慢慢把我拉開，我眨了眨眼，不明所以。

「楚夫人，妳睡迷糊了，是本太子。」

楚瑜變成太子了？我用力的眨兩下眼，蒼狼的樣子逐漸清晰起來。

「很抱歉把妳叫醒，但是大師說想要見妳。」

第二章

這位沒有名字的大師竟然說想要見我？為什麼？

我依著蒼狼的話走進內室。大師正端坐在禪床上，不確定是不是在閉目養神，因為那對眼瞇了起來，圓圓的臉似笑非笑；一身鐵灰色的布袍。我霎時倒抽一口氣。

「是您！」沒想到竟然是他，那位在客棧前遇到的大師。

他聽見我的聲音，眉毛微微一動睜開眼，立時我又覺得額頭前隱隱刺痛，許多模糊的畫面竄過去，快得像是水中的游魚，轉瞬即逝。

無名大師眼上像是覆層霜那般雪白。我知道這是一種眼疾，但沒見過這麼嚴重的，幾乎是把整個瞳孔都覆蓋住。我想這位老師父應該什麼也看不見，但老太太我卻渾身發冷，說不出的詭異包圍著我，他是在看我，那種失焦的視線把老太太我一圈圈綁緊，無處可逃。

「瀅瀅。」他開口，語氣低沉，有著老者特有的沙啞。

之前跟這個人才第一次見面，但他對我的叫喚卻讓我有一絲熟悉，彷彿從很遠的記憶裡浮起來，比遇到楚瑜之前更早。

「緣分到了，老衲終要再見妳一面。」

我乾笑一聲往後退。

「本夫人跟大師確實有緣分，在客棧見過，又能在北蒼國王宮內相見。」

無名大師閉上眼。我發覺看不見那雙眼的同時，壓迫感也降低許多。

「坐下吧！」

我依言乖乖跪坐在他跟前的軟墊。無名大師似乎一閉上眼彷彿是睡著了，只有當鬍子被吹動時，才能察覺得到他有在呼吸，否則老太太我真的以為他就這樣坐著圓寂了。

沉默維持了好一陣子，大師什麼話都沒說。我不由得有些坐立難安。

「老衲現在還記得很清楚剛見到妳的時候。」

「呃……大師，本夫人聽錯了嗎？您的眼睛……」

「眼睛看不見對老衲不會造成任何障礙，只消把心眼張開，這個世界依然歷歷在目，甚至更加清楚。」

「您的意思是說您的心上也長了一雙眼睛嗎……」

無名大師沒有回答我的問題，只是自顧自的說下去，可能人老了，耳朵也不太行，老太太我能體諒。

「楚大人果然遵守承諾，把妳保護得很好，老衲那日一見也放心不少，但沒想到竟然又在這裡見到妳。」

那日一見？楚大人？

「大師，您這話的意思……難道您認識楚瑜嗎？」雖然知道楚瑜交友廣闊，但沒想到他連傳說中神出鬼沒的大師都認識。

「也不算認識，不過曾經應楚大人的要求，在大榮國待了半年，那時楚大人想拜老衲為師。」

「楚瑜他想要拜您為師？」聽得老太太我倒抽一口氣，難道楚瑜是想要出家嗎？那這樣的話，他後來為什麼又會娶我？

無名大師臉上漾起一抹笑容。

「是，楚大人個性正直，宅心仁厚，能對他人的苦處感同身受，確實是萬年不遇的良材，任何的道理皆一點就通。」

沒想到我竟然會在離大榮國如此遙遠的地方，聽見我所不知道的楚瑜的過去。愕然之間，我卻想追問更多，忙上前兩手撐在禪床上；耳下的南海珊瑚墜敲擊發出聲響。

「大師，麻煩您再告訴我多一點，好嗎？」只要楚瑜的事，我都想聽。

無名大師又笑了，睜開眼看了我一眼。

然這次我已經不覺得恐懼，反而意外的從心底泛起一絲親切。

「妳以前也是這樣，總是在老衲跟前嘀嘀咕咕。」

以前？這句話是什麼意思？

「我也認識您嗎？」可是我的記憶中從來沒有見過這個人。

無名大師閉上眼，慢慢的續道：「當時楚大人剛失去第六任妻子，心灰意冷，於是想要藉著修道一解心中多年的情結。老衲見他有慧根，於是願意留下為他說法。只可惜他一生桃花不斷，塵緣難了。」

我聽了努努嘴。還好沒斷，要是斷了，那我還得去廟裡把他搶回來還俗。

「於是老衲問他，渡己身是渡，渡眾人也是渡，那他願意渡眾人還是渡己身？」

不用思考，我就能夠想像出楚瑜的表情跟回答。

「自然是渡眾人。」他一定會毫不猶豫的這麼回答，那個兼善天下的楚瑜。

「是的，楚大人毫不猶豫的回答老衲，他願意渡眾人，於是老衲拒絕收他為弟子，要他好好留在大榮國，繼續為那裡的百姓努力。」他話語停了停。

沒有預警的，室內忽然颳起風，夾著一絲清冷，跟薰香的味道融合在一起，沁人心脾。

「但他又問老衲，為何他愛上的女子或者愛他的女子，個個都會死去？他並不是害怕孤身一人，只是這種生離死別太多，讓他懷疑起自己是否為一個不祥之人。」

無名大師的話在室內盤旋，像翻飛在空中的灰塵又慢慢落下。我聽得入神，沒有打斷他。

那話裡說的是我不認識的楚瑜，我從沒見過的楚瑜。

「老衲就問他，是否愛過？」

我蹙起眉，不了解無名大師為什麼要這麼問，但估計問了也不會有回答。像這種修道之人，說話就跟打啞謎一樣，總要別人去參透其中的玄機。

「那楚瑜……怎麼說？」

「楚大人說他這一生愛過很多人，但摯愛只有一個。」

這句話讓我的心不住的往下沉。無名大師遇到楚瑜時是在我遇到他之前，那麼楚瑜口中的摯愛，自然不會是當時不認識的我。

楚瑜曾經有一個最愛的女人，可是那個女人不是我。

我霎時想到楚瑜書房前種的那兩株終年綠油油的樹。楚瑜以前看著那兩株樹的表情，就彷彿陷在一個朦朧的夢境中，即使書房現在是楚明在使用了，可是老太太我每次散步經過時看見，心口就有說不出的難受，但這些本來藏在心底的感覺，卻被無名大師一句話勾了出來。

楚瑜如果真的死了，那是不是已經跟那位姐姐重逢，徒留我一個人在這裡傻傻的等？在人間我也許是他唯一的妻，可到了黃泉底下，我卻是個最不起眼的第七任妻子。

「莫哭。」直到無名大師的手觸上來，我才驚覺自己淚流滿面。無名大師的手又乾又粗糙，帶來一種懷念感。

「這一生，妳是對他情根深種了，也不枉他為妳的一番心血。」

「什麼意思？拜託您說清楚！」我拿袖口抹著眼淚，哽咽到話都說得有些走音。

「時機未到，妳現在知道還太早。」無名大師的手輕拍我的頭。

「無名大師，您認識我對不對？」突兀的，我這話脫口而出。從一開始的談話就讓人倍覺弔詭，我明明是第二次見到這位大師，但卻覺得不只見過他兩次，而唯一合理的解釋，就是在我模糊不清的那段記憶裡，我曾經遇過這個人。

我的記憶是從遇到楚瑜之後才清晰的，在那之前的記憶都是模糊的，偶爾會想起什麼，卻都像是殘破的夢中倒影，離我很遠很遠，似乎是我一回過神，我人就在楚府內，然後，就遇到了楚瑜。

至於之前我在哪裡、我在做什麼、我的爹娘是誰、我本來叫什麼名字？這些我統統想不起來，曾經為此我惴惴不安；而外頭的人都喊我狐狸精，竟把楚家的主人迷惑了，不然區區一個楚府內的小孤女，何以爬上當家主母的位置。

不管在書上、戲臺上，狐狸精都不是什麼好東西：狐者狡詐，外貌美豔，凡一出現即禍國殃民。這樣的我，是不是也會帶給楚瑜不幸？

我腦海裡頓時閃過一個景象——

「楚瑜，這樣的我，還能夠嫁給你嗎？你會不會不幸？」

我哭得抽抽噎噎靠在楚瑜懷中。

楚瑜揉揉我的髮。

「傻瓜，妳忘了外人都傳言我是福星轉世，命格奇特，就算妳是狐狸精好了，區區小狐狸精，能奈我何？」

「如果我真的是狐狸精，我不想要禍國殃民，我只想要楚瑜一個，我保證我不會害你，你叫我做什麼我都會乖乖的做，我會讓大家都幸福。」

當時楚瑜的眼中亮起一抹溫柔的光芒。

「好。」

為什麼楚瑜當時的表情那麼奇怪？

「大師……」我回過神來，才開口，卻感覺到額前被一指抵住。

無名大師不知何時張開眼，無瞳孔的眼白直勾勾的瞅著我。

「現在想起來為時過早，老衲只好破例再幫妳一次。」

想起來什麼？有什麼是我不該想起來的嗎？

「睡吧！睡醒了，盡當夢中。」

然後我眼前一片白，什麼都看不見了。

＊　＊　＊

我是被餓醒的，一聞到香噴噴的味道就清醒了，顯然飯桌上有道炸蝦，讓老太太我笑著張開眼，隨即發現自己已經在宮內。

「看吧！秋菊，我就說只要這炸蝦端上桌，夫人馬上就會醒了。」春桃抿著唇笑著走來扶我起身。

「夫人就是愛吃蝦。」秋菊站在桌邊，桌上已經備好整桌飯菜，見我轉醒，湯盅一掀，白霧般的蒸氣升起，干貝雞湯的味道瀰漫在房中，她拿湯勺慢慢攪動，讓湯不那麼燙口。

「我什麼時候回來的，我怎麼都不記得？」

春桃橫我一眼，似嗔帶笑。

「夫人還說呢！竟讓北蒼國太子殿下親自送您回來。聽說您是去見某位大師，聽他講道聽到睡著了。」

「咳……是嗎？妳們也知道，夫人我從以前就對這種修道之人的講道沒轍，去寺廟裡進香時坐在大殿沉澱心靈，也常常不小心沉澱得太乾淨……就睡著了……」老太太我幾分尷尬，不知道有沒有在對方面前睡到流口水，破壞我楚老太太的形象。

「我跟春桃都明白，所以我們每次都要求要淨空大殿的人，好讓夫人一個人睡得舒舒服服。」秋菊笑了下。「那夫人睡著之前聽大師說了什麼？」

「呃……這個嘛……」那位沒有名字的大師是說了些什麼來著？

「秋菊，別問了，夫人大概是一開始有聽沒有懂，乾脆就睡了。妳現在追問，夫人一時半會兒肯定什麼也想不起來。」

「呵呵！小春桃妳真是了解我……」我就連大師的樣子都記不太清楚了……

「那就不問了。夫人快點來喝雞湯，您午飯也沒吃就睡了，現在肯定餓了吧？慢慢喝，小心燙。」

「好。」我喜孜孜的坐到桌前，端起湯就喝。「燙燙燙燙燙……」

「不是跟夫人說小心燙嘛……」

「別說了秋菊，快替夫人拿杯冰水來。」

沒一會兒，老太太我可憐的舌頭就被泡在冰水內冰鎮，委屈兮兮的看著桌上的菜餚，有炸蝦在面前卻不能吃，人生悲劇……

「狐狸精！」

全天下膽敢這麼囂張喊老太太我的人用一根手指頭就數完了。我看向門口，果不其然景天太子蹦蹦跳跳的跑進來。

「我就知道妳在吃飯，所以本太子特地來找妳一起吃，不過妳老捧著茶杯幹嘛？」

「唔剛剛擋到了……」舌頭冰鎮中，說起話來稀里呼嚕的。

景天太子有聽沒有懂，秋菊只好又替我解釋一次剛剛發生的事，順便替我翻譯。

「夫人是說她剛剛燙到了。」

「真是笨得天下無雙。」景天太子說著，老大不客氣的端起飯就吃。

老太太我看見他把放在最上頭那尾最大的炸蝦夾去吃掉，一陣心痛，眼淚都出來了。

「夫人有這麼痛嗎？要不然春桃再替您拿些冰水來。」

「唔的加西……」

「夫人，既然燙到舌頭，今天還是別吃炸蝦了吧……」秋菊勸我。

我一聽，涓涓雨滴變成大雷雨。

「夫人……夫人別哭成這樣，要不然等您燙傷好了，再幫您做炸蝦……」

「唔的加西……」人生無炸蝦，了無生趣，讓我死了算了！

老太太我悲憤的捧著冰水吐著舌頭就往外哭著跑走，卻被春桃秋菊好說歹說的抓回去坐在桌前。看景天太子大口大口的吃炸蝦，連無味的冰水都變成鹹的了。

「這麼大個人了，還哭哭啼啼，真是的。」景天太子老氣橫秋的教訓我。

但老太太我眼裡只看得到炸蝦……

「對了，本太子聽說妳今天跟北蒼國太子相處了一下午。怎麼樣？妳有沒有認真暗示他協議的事？」

「呃……這個……」這件事還真的是忘得一乾二淨……

「本太子可是很努力每天都去覲見北蒼國的王太后，那妳就要負責說服太子。鳳仙奶奶說北蒼國的國君不輕易接見人，所以這時候就要從旁邊的人下手，我們上下交相賊，才能讓協議成功。」

我放下冰水隨手放到一旁，「不過殿下，上下交相賊是這樣用的嗎？」

「……這不重要。」

「就本夫人看來，蒼狼太子個性平和，應該也不喜歡掀起戰爭，就不知道那位王太后怎麼樣？」在我看來，蒼狼是個一心為國的上進好太子，對長輩相當有禮貌。

「說到王太后，本太子今天倒是聽見一件很有趣的事。」景天太子說到最後，故意把聲音壓低，像要說一個秘密。

老太太我最受不了這種神秘的氣氛，忙把頭湊過去。

「什麼事？」

「聽說這王宮裡最近鬧鬼。」

「……」老太太我霎時全身僵硬如冰雕，連同舌頭都麻痺了。

「怎、怎麼會有這種事……」

景天太子點點頭，一副煞有介事的模樣。

「子不語怪力亂神，本太子當然也不相信，但是本太子今天從王太后那兒回來經過花園時，見一群宮女姐姐聚集在園中最大的那株樹附近竊竊私語，本太子覺得好奇，上前問了兩句，結果那些宮女姐姐們叮嚀我絕對不要到那株樹下玩。」

這話聽得老太太我腳底板一陣發涼。

這幾日逛園子逛得不算少，也常常經過那株樹下。

那株樹很特別，是園中最大的一株，不過光禿禿的樹枝卻直直往上長，宛如乾枯的手掌向天空祈求著生命力。

「於是本太子就問那樹有什麼問題嗎？她們猶豫了好久，才有個宮女告訴本太子說那樹以前是蒼姒公主最愛的地方。」

這會兒連鬼都有名字了，叫做蒼姒！老太太我已經能聽見自己上下排牙齒格格發顫的聲音。

「那個宮女話才剛出口，旁邊立刻有人打斷她的話叫她閉嘴，小心國君殺頭。於是本太子就猜啦，如果是以前的人，這些宮女姐姐們何必如此害怕，所以說不定這個蒼娣公主是國君的姐姐或者妹妹。」

老太太我立刻想起那齣看過的戲以及店小二說過的話。

「怎麼了，狐狸精？」

我回以一笑。「沒事，什麼事也沒有。只是這件事真的很奇怪，本夫人也想不出個所以然來……」

第四章

老太太我忙著思索這問題，在床上滾到半夜都睡不著，好不容易才睡去。醒來發現天已經大亮，想到今天蒼狼替我找來的歌女會進宮，我便興奮的坐不住，喜孜孜的催促著春桃秋菊替我打扮，搬張椅子往門口一坐等啊等。

果然很準時，下午時分，面罩輕紗的歌女被侍衛帶進來。

「奴家參見夫人。」

「不客氣，不客氣。」我樂呵呵的回應，可回頭想想又覺得有些不對勁，老太太我記憶力很好，對自己喜歡的旦角兒只要聽過一次曲就絕不會忘記，這分明就是……

「啊？小墨。」面紗一掀，歌女現出廬山真面目，赫然是我們在客棧遇過的那個落難女子。

「呃？夫人？」小墨也難掩訝異的盯著我。

「沒想到是妳。」我感動的握著她的手，帶她到內室坐下。

春桃秋菊沒見過小墨，一臉難掩訝異，我只好火速把情形解釋一次。

「小墨，妳之前沒見過，這兩位是本夫人的貼身侍女。」

「兩位姐姐好，兩位姐姐都好漂亮。」

小墨甩袖彎腰見禮。不愧是旦角兒，每個動作都流暢優美，好看的不可思議，看得老太太我滿意極了，瞧這身段容貌，還有無可挑剔的禮儀，說是哪家的大家閨秀都有人信呢！

我立刻要求小墨為我唱一曲。

小墨立即揀了一曲長調唱起來，歌聲清婉，一把月琴在她手中撥得萬千柔情，老太太我簡直恨不得這孩子就是我女兒。

「怎麼樣，春桃，秋菊，老太太我覺得讓小墨許配給我們家小軍很不錯。小軍那個人腦袋太過頑固，剛好需要這種從事藝術工作的人跟他互補一下。」

「好。」

「不好。」

「呃……」我看了看笑呵呵的秋菊，又看了看一臉不悅的春桃。

「夫人說什麼都好，二公子確實也到了適婚年齡。」

「對不對，妳們瞧本夫人選得可好？」

「不，春桃覺得三公子似乎是更好的選擇；三公子長年在外，這姑娘也是行走四方賣藝，個性上顯然更加適合三公子。」

「妳說小海嗎?這樣想想，似乎也是……」

「不對，夫人，我覺得長幼應該要有序，二公子該先。」

「嗯……這也很有道理……」

一聽我贊同秋菊，春桃立刻不滿的反駁。

「夫人，可是比起長幼有序，您說過，兩個人可以真心相愛更重要，不是嗎？您還說您當初也是不管身分跟年齡的限制，成功嫁給自己心愛的人。」

「看來我跟春桃在這方面的意見有小小的不同呢！」秋菊道。

「……」兩方都說的很有理，可是情況怎麼越發詭異？老太太我看了看春桃，又看了看秋菊，怎麼覺得這空中瀰漫的是一種叫做殺氣的神秘氣體？

春桃跟秋菊對視半晌，忽然扭頭轉過來，朝我笑一笑。

「奴婢跟秋菊到外頭去細細商討一下，待得出結論後再進來，免得讓夫人左右為難，您說好嗎？」

「有話好好說」果然是我楚府內的和平原則，我樂呵呵的點頭，春桃秋菊就親親熱熱的手牽手準備出去了。突然，我見秋菊的袖口內閃過一抹寒光，好像是劍鋒反射的光芒，但估計是我看錯了。

「呃……夫人，您還想聽什麼曲嗎？」小墨怯怯在一旁問道，老太太我才想起一旁的她早就唱完曲了，我忙著擔心兒子們的終身大事，卻忘了這孩子。

「喔對，我還想聽……」看著小墨，莫名一個念頭閃過我腦海。

說不定這個蒼姒公主，是國君的姐姐或者妹妹？

那店小二說過國君有個姐姐，難道戲臺上演的那對姐弟就是在暗指國君嗎？可是從那結局看來，那位公主應該是離宮遠去，但為什麼宮女們會說在宮內看見公主的鬼魂呢？

「小墨，妳坐下，本夫人有些事想要問妳。」

我難得的正色，讓小墨一愣，但她還是順著我的要求坐下。我順勢從手上褪下一個紫晶手環套到她腕上。

「本夫人現在要問妳的事，能不能答應我別告訴任何人？」

「夫人，這太貴重了，我不能收……」小墨一驚，慌忙就要褪下手環。

「不貴重，本夫人要問妳很重要的事情，希望妳能夠據實回答。」

「如果能夠幫上夫人，小墨是萬死不辭，畢竟夫人是奴家的恩人。」她反手把老太太我的手握緊，雖然臉上化著濃妝，仍然看出她的懇切表情。

「妳真是個乖孩子。就是關於之前妳演的那齣戲……」

「哪一齣？」

「就是演一對姐弟的那齣，妳演那個姐姐，還記得嗎？」

「當然知道，夫人想問什麼？」

「就是……呃，小墨妳能不能先放開我……」小墨這孩子身材修長，連手也比一般女孩大些，老太太我的老手在她掌中好像捏麻糬那樣被揉捏。

我一說，小墨立刻大驚鬆手。

「夫人的手真是細嫩，讓奴家一時失神了，還請夫人見諒。」

「不會不會。本夫人想問的是，那齣戲你們是從哪裡知道的？」

小墨偏頭想了想。看她連想事情都要擺個貴妃頭痛的姿態，果然很敬業。

「回夫人，還真的不知道。」

「為什麼？」

「戲臺上的東西有許多是口耳相傳，看別人演什麼眾人愛看，我們也就跟著演，但每一家演出時戲都會有稍稍的變動，以示區別。」

「什麼是稍稍的變動？」

「奴家聽說有些戲班子演的結局不一樣，最後是弟弟為了掌管家族殺了姐姐，還把姐姐藏屍在家中的園子裡。」

等等，怎麼從溫馨的手足之情變成了恐怖凶殺案？我那個會破奇案的大兒子在哪，速速回來娘的身邊！

「我們的班主說這種演法太過血腥，不適合闔家大小一起觀看，於是就改成了禁斷之戀，說是弟弟對姐姐有不倫的愛戀。」

「這難道就適合闔家大小一起觀看嗎……要是人家兄弟姐妹看了有樣學樣怎麼辦？」老太太我有六個兒子，一想到這情況就頭大。要是他們有兩個人彼此喜歡，那六個兒子立刻就去了兩個，只能靠剩下的四個為我生孫子……要是這四個裡面又有人互看對眼……

「夫人何必如此驚訝，這種事情見怪不怪。許多大家族為了避免繼承人遭遇危險，在成年之前一步也不許踏出家門的規矩時有所聞，既然成天關在家中，同樣是情竇初開的少年少女，很容易愛上身邊唯一的異性，這一點也不奇怪。」小墨眨了眨眼，把這話說得輕描淡寫。

「如果只有同性，發展出同性之愛也不無可能，聽說血緣的吸引對於某些人而言是無可抗拒的毒藥。」

聽到這裡老太太我已經渾身發冷。

這這這……我以前給我的兒子們介紹那麼多好人家的閨女們，他們連看都不看一眼，楚明成天跟楚軍商量政事，要是他們真有什麼，孩子恐怕都生一打了，不對……兩個男人怎麼會有孩子……

楚風楚殷這兩個孩子還好，楚翊那孩子卻是極愛欺負他的三哥，以前黑鍋老是陷害小海來背。現在想想，天橋底下說書的好像有說過打是情罵是愛這麼一回事，有些人表現愛情的方式就是拚命欺負自己喜歡的人……

「當然這些話只是說說，夫人也不用太認真……」

「噢不！」老太太我抱著頭大喊一聲，覺得這簡直是當頭棒喝，以前怎麼都沒想到會有這種可能，彼此都太優秀的兒子們看不上外頭的女子，反而對同樣優秀的兄弟們動心，我的兒子們又個個都長得那麼俊美……

「嗚嗚嗚嗚……」

「夫人，您、您怎麼哭了，別這樣，您別哭啊！」小墨一見我哭，手忙腳亂的安慰。人哭的時候不能安慰，一安慰就哭得更凶，老太太我淚如雨下。

「這抱孫無望……還要、還要斷了楚家香火，妳說我這做娘的能不哭嗎？啊啊！這讓我怎麼有臉跟他們的爹交代……」

「好好，夫人別哭……哎唷……真是可愛的夫人……」

小墨伸手過來想安慰我，我正委屈要人哄，便撲到她懷裡大哭特哭。她懷裡盡是淡淡的脂粉香氣，怎麼我兒子不選一個這麼可愛的女孩，反而要搞斷袖呢……

「嗚啊啊……」

「這是怎麼回事？」

哭得淚眼朦朧時，忽然有人吼了一句。

老太太我抬起眼皮一看，原來是蒼狼，他一臉氣急敗壞。

「妳對她做了什麼？來人！把這歌女給我拿下！」

老太太我來不及解釋，小墨就被人架開，我被蒼狼拉出她的懷抱。

「怎麼了？她傷著妳哪裡，快告訴我。」

「不是不是，你誤會了。」我連忙擺擺手，想說話可是喉嚨是哽咽的，只好拚命搖頭。

「是……是剛剛聽了一首太感人的曲子，老太太我人老心思纖細，容易受感動，一時沒控制住。」

「真的嗎？」

小墨揚眉看了看我，又看了看蒼狼。「當然是真的，奴家不敢欺騙殿下。」

我跟著拚命點頭，抽抽噎噎把蒼狼的太子袍拿來當手帕擦淚。

「妳先下去吧！你們也是，都到外頭去等。」

室內的人一下子走得一乾二淨。老太太我回過神來，覺得在晚輩面前哭成這樣實在有失體統，便尷尬的收起眼淚。蒼狼等我不哭了，倒了杯茶給我

「聽了什麼故事哭成這樣？」

「呃，那個……就是……我口有點渴……」

「那妳先喝茶。」

咕嚕咕嚕喝光茶，蒼狼又體貼的問要不要再倒一杯。

「不渴了，謝謝。」

「嗯，那妳也該告訴本太子妳是聽了什麼樣的故事吧？」

「就是……呃……這故事很長，改天再告訴你。」

「無妨，本太子現在有空慢慢聽，反正距離晚膳還有一段時間。」

老太太我暗恨的瞪了窗外一眼，這太陽都還沒下山，想說天色已晚都沒辦法。

「就是……就是……」逼不得已，老太太我把之前看戲的那個故事講了一次，反正一時半會兒想不出什麼好故事。要是我家楚殷在這兒該多好，他肯定能講出一個生動無比人聽人信的故事。

蒼狼聽完，用那雙眼盯著我看了好一陣子，看得老太太我心裡發毛。

「如果是之前，也許本太子會命人把妳跟說這個故事的人都抓起來。」他淡淡一笑。「但聽了妳昨日的那番話，我不應該這麼做。流言這種東西就像洪水，越堵它越氾濫，應該要順其自然的疏洪才是。」蒼狼吸了口氣，續道。

「這故事中的人本太子都認識，一位是本太子的父王，一位是本太子的姑姑。」

「啊！」老太太我萬分訝異，沒想到這種王室秘辛竟然被蒼狼這麼輕描淡寫的講出來。

不過蒼狼卻誤會了我的訝異。

「我想妳也是第一次知道，畢竟我國對外總是說父王是獨生子。」

老太太我歪歪頭思索了下。蒼狼那天不是也在客棧嗎？他怎麼會不知道這齣戲呢？對了，他與楚明下棋下了一天一夜，到現在我還不知道那盤棋的結果。

「其實父王還有一個姐姐。只是在繼承王位之前，北蒼國的繼承人都是謎。為了不讓外頭有心人士利用，一切的消息在登基之前都會保密。」

「那位公主……叫什麼名字？」

「姑姑名姒，冠以國姓，名為蒼姒。」

「那不就是宮裡的女鬼……」

「女鬼？」

我結結巴巴的把景天太子從宮女那裡聽來的話重述了一次，沒想到蒼狼聽了卻笑起來。

「哈哈哈，妳想多了，這宮內的宮女侍衛們閒來無事最愛嚼舌根，一直以來也由得他們去，只要不過分倒也不管，不過這事我可以說絕無此事。」

「你為什麼能這麼斷定？」

「因為父王非常敬愛蒼姒姑姑，絕對不可能做任何對她不利的事。」

「所以他們不是爭奪王位嗎？」

蒼狼搖搖頭，臉上浮現莫可奈何的神情。

「雖說我國是不分男女長幼只問能力，可是爭奪王位這種事情絕不可能發生在蒼姒姑姑跟父王身上，父王比誰都敬愛蒼姒姑姑。」

「真的嗎？」

蒼狼點點頭。

「那為什麼後來會變成這樣，你的姑姑真的病逝了嗎？」

「我聽說是這樣。」

「聽說？你不知道嗎？」

「那時我畢竟還小；但依稀還記得姑姑的樣子。宮內的人當時也無不稱讚父王跟姑姑是有史以來感情最好的姐弟。」

「那為什麼一位公主病逝，宮內的人卻閉口不談呢？聽這情況，也沒有什麼不可告人的原因。」

「我想是父王當初傷心過度，性情大變，不准任何人談起姑姑的事。」

沒想到事情真相竟然是這樣，老太太我不禁一陣羞愧，這分明是一段感人的姐弟之情，老太太我卻聽信那些流言，還自己怕成這樣，真是老臉無光。

「所以不可能有什麼鬼的，妳盡可以放心。」

聽蒼狼這麼說，老太太我才放鬆下來。跟他聊了一會兒天，心滿意足的吃過晚飯就早早上床睡了。

第五章

果然這世界沒那麼多鬼，都是無聊的人道聽塗說。睡前才這樣想，天將亮時宮內卻響起高八度的尖叫聲，足足持續了三十秒，驚醒外頭沉眠的夜鶯，紛紛振翅而起。

「哇啊啊啊啊——」這聲尖叫不是別人，正是來自老太太我口中，我抱著床柱叫得好不慘烈，這把年紀了仍然中氣十足。

「夫人！夫人！您怎麼了？」

春桃秋菊舉著燭火慌忙從另一邊的小房間衝進來，兩人都衣衫不整，披頭散髮，此景從黑暗中浮現，更讓老太太我想起剛剛的情況，又嚇得扯開喉嚨尖叫起來。

「有——有鬼啊——」

春桃她們連哄帶騙安撫我，把宮女們統統叫醒點了上百根蠟燭，宮內一下燈火通明，連耗子洞都能照得清清楚楚，我才吸著鼻子放開床柱，讓春桃領到桌前坐下。

「夫人怎麼了？先喝口茶。」

好不容易緩過勁來，剛剛經過那一陣哭嚎，我喉嚨都乾了。春桃她們拚命問我什麼事，我死命搖頭，喝完茶又縮回床上用被子把自己裹成一個老人蛹。

「夫人肯定是驚嚇過度了。秋菊妳去拿點白糖糕過來，我來哄哄夫人。」

白糖糕？在被蛹內的老太太我敏銳的聽見這個詞，這是春桃的拿手甜點。

這東西說起來相當簡單，不過是白糖跟米，可是要把蒸熟的米揉得滑順，完全就是看功夫，入口的時候彈牙卻不黏牙，一刀下去邊緣宛如鏡面才是真正好的白糖糕。

我家小春桃做這白糖糕的手藝真的是無從挑剔，聽說要幾個大男人三天三夜輪班才能揉好的白糖糕，她不過一下午就能揉得柔滑，細緻得跟水豆腐一樣。

「來，夫人。」春桃從秋菊手中接過碟子，把一碟白糖糕放到被蛹的開口處晃啊晃，我颼的伸出手去拿卻撲個空。

「夫人要吃就出來吃，別弄得一床都是屑，好嗎？」

我猶豫了會兒，這才慢慢從被窩裡探出一顆頭。春桃正站在床邊，見我出來鬆了口氣。

「要吃……」

「來，夫人。」春桃把切成小塊的白糖糕送到我嘴邊，我乖乖任她餵食。

白糖糕真好吃，可是吃多了容易肚子脹，楚明特別吩咐過春桃一年不得做超過五次，想到這會兒已經做過一次，我忍不住心痛。

吃過白糖糕，秋菊也領著一個人進來。他一身黑衣，表情……應該很不悅，畢竟莫名現在披頭散髮，我看不見他的表情，不過半夜被人吵醒，心情應該不會多好。他只看了我一眼，連脈都不把就坐下，自己拿了一塊白糖糕來吃。

「夫人她這是心病，我治不了。」

「是啊夫人，您有話要說出來，告訴我們發生什麼了事。」秋菊輕聲問著。

我啃著白糖糕，懷疑這裡頭肯定摻了什麼藥，讓人都鎮定下來。

「剛剛睡到一半覺得窗子沒關緊，有些冷風吹進來，本夫人就想要自己去關，可是一走到窗前，就看見外頭園子門口有一個白白的影子颼的飄過去，跟莫名一樣披頭散髮的，一點也不知道要注意服裝儀容……」

「夫人說歸說，別扯到我身上來。」莫名涼涼的回應，自顧自吃完那份白糖糕，喝起茶來。

「總之，沒有東西可以跑那麼快，那一定是鬼，是鬼！」我言之鑿鑿，老太太我眼不花頭不暈絕對沒看錯。

「夫人，那可能只是一個經過的宮女……」

「那不是宮女。」有人怯怯的打斷秋菊的話。

我們循聲看過去，一個小宮女站在角落，右手半舉、一臉畏怯的發言。

「因為……奴婢、奴婢也看見了……」

根據宮女小梅的證詞，她比老太太我早約兩刻起來，因為某種不可抗力的生理需求，卻發現宮女房內的夜壺滿了，不知道最後是哪個沒良心的沒拿去倒，她嘟嘟囔囔捏著鼻子拿去茅廁，出來的時候就見到白影在門口飄來飄去。

她當時嚇得全身僵硬，據說那白影還飄到她面前時，細聲細氣的問了一句：「我弟弟……好嗎？」

「那一定是蒼姒公主。」小梅一口咬定。

「那妳怎麼回答她？」

「奴婢回答國君現在一切安好。她嘻笑一聲，就往另一邊飄走了。」

「看吧，我就說有鬼，妳們都不相信。」有了證人，我忙不迭跟春桃她們嚷嚷。這回可不是我亂說，有證人了。

「這件事可真奇怪。」沒想到平時八風吹不動的莫名難得開口，一下把眾人的目光吸引過去。

「哪裡奇怪？」

「這女鬼……沒事在茅廁門口晃來晃去做啥？」

「那是莫名你不懂，茅廁是最容易跟鬼扯上關係的，多少鬼故事的鬼都是從茅廁跑出來呢！」老太太我煞有介事的說道，雖然怕，可又愛聽，自然也了解不少。

「這我就更不懂了，難道那些鬼生前都淹死在茅坑裡不成，要不然為什麼會從茅廁跑出來？」

「呃……這……」對耶，為什麼人沒事要淹死在茅坑裡？這大概是最悲慘的死法了。

我們一群人集思廣益想了老半天，天都亮了還是沒有結論，我伸手探著食盒想再吃白糖糕，春桃卻把整個食盒捧走。

「要吃早飯了，夫人不能再吃了。莫名大夫也留下來用早飯嗎？」

莫名聳聳肩不置可否。

春桃微微一笑，挑簾出去了。

臨到開飯前，又多了個不速之客，老太太我一看暗恨在心底。身為一個長輩本來不應當跟晚輩計較，可是前天搶了炸蝦的仇還歷歷在目，實在難以忘懷。

「狐狸精！」景天太子蹦蹦跳跳的進來。

「太子殿下。」宮女們都在場，要做做樣子，我這聲喊得不甘不願。

「免禮免禮。咦，莫名大夫也在？」

莫名正在嚐一道湯。

他這個人脾氣古怪，想行禮時他才會行禮，不想行禮拿刀逼他也沒用。

聽見景天太子喊他名字，他即抬起頭。

「殿下。」

「你怎麼一早也來？」景天太子笑嘻嘻的坐上位。

老太太我不好意思把人家趕走，只好吩咐秋菊多備一副碗筷。

「因為有人說看到鬼，怪叫一陣把大家都吵醒了。當大夫就是這點倒楣，有病找我，沒病也找我。」

「本太子怎麼覺得這話像在怨天尤人。」

最近太子學生詞，似乎每段話每個句子少不得都要摻個成語，有時用得好，有時用得七零八落，像這時候就是。但他是太子，我不好意思在眾宮女面前指責他，讓他沒了面子。

「殿下過慮了，莫名很好，如果夫人再機靈一點更好。」

「莫名！你剛剛是不是拐著彎罵本夫人不機靈？」

「絕沒這回事，夫人不要對號入座。」

好啊！方才用女鬼的事想提點莫名不要披頭散髮，沒想到莫名報復心這麼重，果然跟琦妙是同門師兄妹。

「女鬼？你們也看見了？」景天太子一臉詫異。

「也？難道殿下也是？」

「本太子沒看見，但是本太子的貼身侍衛說昨天他看見了。因為昨晚月亮很漂亮，他在想他的情人，半夜睡不著，拿著定情物自己到看得見月亮的長廊上靜坐。」

「怎麼大家半夜都不睡覺，不是想情人就是倒夜壺……」我咕噥了聲。

莫名橫我一眼，這回不作聲。

「他那個位置剛好看出去剛好是湖邊，有個身穿白衣披頭散髮的女子跑過，跑得可快了，彷彿足不沾地似的，可這大半夜的，哪有女子會在園中跑步？他才說肯定是撞鬼了。」

聽景天太子說罷，眾人面面相覷，一個晚上有三個人看見這位「女鬼」，到底是怎麼回事？

不過事情卻不只這樣，我們不過是第一批看見女鬼的人，爾後，越來越多人看見這位女鬼的蹤跡，簡直無處不在。

有人說在書房內看見她正在看書，因此半夜在走廊上尖叫；還有人信誓旦旦的說，曾經在王城屋頂看見這位女鬼在舞劍，說這句話的侍衛被人群毆，覺得這太扯，肯定是他自己編的。

眼見這又是一個機會，老太太我自己在宮內辦起小報，蒐集各式各樣女鬼出沒的訊息，還讓人畫了一張女鬼出沒的路線圖，每天晚上都要照這張路線圖發布今晚女鬼可能會出現的地方，怕鬼的人想要知道地點便於迴避，有些膽大的人就是為了要去碰一碰女鬼，還一堆宮女侍衛成群結隊的前往，辦什麼試膽大會。

想老太太我在大榮國平時最愛辦這一類的活動，於是幫他們策劃得鉅細靡遺，提醒了一堆禁忌，再摔碎一根玉如意把碎片裝在許多小香囊內，告訴他們這是我家小風加持過的玉片，可以防止邪氣侵身，只收一點點工本費。

你問銷路？那可是好得沒話說，到最後我都沒玉如意可摔了，晚到的只能飲恨領到花瓶的碎片。每個宮的宮女侍衛在收班前都要來老太太我的寢宮裡問一問今天的路線，可比王太后那兒還熱鬧。

當然在這種推波助瀾下，流言更是飛速傳開來，終於也傳到蒼狼的耳朵裡。幾天之後蒼狼來我這裡喝茶，面色有說不出的沉重。

「怎麼了？」

「最近宮內有些流言。」

「是有關女鬼的嗎？」

「妳知道？」

「因為是我……我是說，我有看過。」

「妳看過？妳怎麼都沒說？」

「因為你沒問啊！你想會不會是公主病死之後變成鬼……」

「不可能。」蒼狼正在思考什麼，想也不想即一口否定，老太太我嚇了一跳。

蒼狼似乎發現自己語氣過於激動，連忙放柔了語氣。

「我想……姑姑應該沒有理由變成鬼。就我所知，她沒什麼心願未了……」說到這裡，蒼狼一下住了嘴。

「聽起來你也不確定。說不定她真的有什麼心願未了呢？」

蒼狼不答，抿起脣。

「我的大兒子很會破奇案，要不然你請他來看看？」再不然我還有個五兒子很會驅鬼，叫他來也行。

「妳想見他們了？」

「他們是我兒子，娘見不到兒子當然會想念。」

蒼狼沉默一下，才道：「現在還不行，有機會我再帶妳去見他們好嗎？」

「喔……」我低下頭，玩弄自己的手指，突然覺得好不落寞。

「本太子答應妳，會很快的，好嗎？」

「請問楚夫人在嗎？」此時外頭傳來一陣喊。聽這聲音應該是個侍衛，大概是來詢問今晚女鬼的出沒路線。

「我們是太后派來的，有請楚夫人跟我們走一趟，太后想要見楚夫人。」

「太后奶奶想要見妳？」蒼狼一臉疑惑看向我。

我朝他聳聳肩表示我什麼都不知道，心裡卻惦記著那份女鬼日報。

「妳先過去吧。別擔心，本太子一會兒就到。」

＊　＊　＊

「太后，人帶到了。」

「嗯。」

「王太后萬安。」我看也不看上頭，乖乖行禮。這裡可比不得大榮國，行事還是低調點好。

「免禮，把頭抬起來吧！」

終於見到北蒼國王太后的廬山真面目，剛見到那一剎那……呃……老太太我該怎麼形容呢？北蒼國的王太后非常瘦，雙頰凹陷，像極營養不良的難民，彷彿一根營養不良的牛蒡披著大衣坐在鳳椅上。

我想當初北蒼國國君娶她時應該啃得很辛苦。記得鳳仙太后告訴我，夫妻就是這樣，妻子總是被「吃」的那一個。我一直沒能參透這句話，今日終於了解。

北蒼國太后人雖乾瘦，眼神卻非常凌厲，看著妳時就像兩把刀往妳身上戳啊戳。鳳仙太后看人也很毒，可是臉上總會帶抹笑來軟化氣氛。

要我說，口蜜腹劍才是最高境界，這種表面上很凶的人就不足為懼。

不知道北蒼國太后喚我來做什麼，老太太我只好悶不吭聲的跪著直盯地毯看。這地毯實在應該換一換，都刷洗到起毛球了。

「如果哀家不是聽那些下人說起，還不知道宮裡竟然出了妳這號人物。」啪的一聲，一份「女鬼日報」被扔到老太太我面前，標題特大——「揭露不為人知的王室秘辛」。

「唔……這一期寫得很不錯呢！」我喃喃。看來那個叫小梅的宮女文筆很不賴。

「這是怎麼回事？」

「什麼怎麼回事？」

「哀家不清楚妳是哪裡來的，但別以為有太子護著，妳就可以在宮中為所欲為。」她怒氣沖沖的一拍椅子。我見那椅子上的麒麟雕刻得很精細，不由得多看兩眼。

「現在竟然還出這種惑人耳目的刊物，讓整個宮中鬧得沸沸揚揚……妳說，這些消息是哪來的？是何人跟妳通風報信的？」她氣得手指都在發抖。

「沒有人跟我通風報信啊！」我茫然的看一眼報紙，這些不過是聚集宮女侍衛們的撞鬼經驗寫的，單純滿足眾人的好奇心。

「只是因為有人想看，我們就寫。因為宮內沒有印製的工具，我們每一份都手寫得好不辛苦；而比起我們的辛苦，只賣這麼一點點錢真是不划算，如果太后也想看請付錢好嗎？我們小本經營呢！」

「哀家什麼時候說過想看？」她這回氣得臉紅脖子粗，老太太我不禁為她捏了一把冷汗，這樣容易中風耶……

「那不然太后喚妾身來做什麼？」

「哀家是要重重的懲罰妳，竟然在宮中胡亂散發這種刊物。」

「可是大家都在傳啊！太后罰我一個人也太不公平了，要罰就要把所有的宮女侍衛都一起罰，不過這樣就沒人幫太后梳頭化妝煮膳食看守門口守衛王城。」北蒼國王宮內的總管可是我們的忠實訂戶呢！

「妳……妳……真是氣死哀家……蒼狼究竟是從哪弄來妳這隻狐狸精……」

「正確的說，我不是被弄來，我是被綁……呃被請來的……而且我是人。」

「哼！狐顏媚色。妳別以為妳可以當上太子妃，哀家絕對不會贊成的。」

「我臉上寫著我想當太子妃嗎？不然妳幹嘛這麼說？」我疑惑的摸一摸臉，難道有誰在我臉上偷偷寫字？

「哀家一看就知道。」

「那太后看得出我現在在想什麼嗎？我想了一個數字，七位數的，妳快猜猜看！」怎麼北蒼國的太后也跟小風一樣有特異功能？

「妳！……算了，哀家還有一些話要問妳。」

「太后奶奶。」蒼狼已換過一件正式的服裝，一進門就給太后行跪禮，北蒼國太后的表情立刻冷然下來。

「怎麼，是你啊蒼狼。」比起鳳仙太后跟景天太子那樣黏答答的好感情，北蒼國的太后跟蒼狼的感情冷得可以凍成冰棒，我看了看他們，直想拿把槌子去敲敲，搞不好會落下一些碎冰。

「很久沒來跟奶奶問安，太后奶奶一切可好？」

「哀家跟往日一樣沒什麼不好。倒是你，怎麼會來哀家這裡？」

「太后奶奶明知故問，您把兒臣的客人請來了，兒臣能不跟來嗎？」

「哀家只是要問她一些事，你用不著來。」

「她初來乍到北蒼國，很多事情都不懂，太后奶奶如果想問什麼事，可以直接問兒臣就好。」

「初來乍到？初來乍到就能大膽成這樣。」

北蒼國太后聲音提高一度，又扔下一份「女鬼日報」。蒼狼撿起來看了幾行，瞟了我一眼，我回以無辜一笑……

蒼狼轉回去面向太后，語氣恭敬到不能再恭敬。

「瀅瀅她剛來，很多事情不懂，不知道我們宮內的禁令，兒臣以後會告訴她，不允許她再繼續辦這個胡鬧的刊物，請太后奶奶看在兒臣的面子上，高抬貴手一次。」

眼看最近辛辛苦苦建立起來的副業又沒了，老太太我不由得無聲一嘆，抬起頭來卻跟王太后的雙眼對個正著。她臉上其實沒有多少怒意，反而有種難解的神情。

末了她揮一揮手，一臉不悅。

「既然你這麼說，哀家就放過這一回，但是給哀家記著，這種事沒有下次。」

蒼狼懇切的答應後，拉著我跪安，離開太后的宮殿，可是卻沒有往我平時住的別宮前進，他抵達的地方是——馬廄？

「為什麼要帶本夫人來這裡？」

「計畫提早了。」

「什麼計畫？」

「妳不是想去嗎？」他幫我披上一件厚斗篷，將我抱上馬。外頭八個全副武裝的侍衛早在外面等候。

「是時候去見妳的兒子們了。」

第六章

我們一行人出了北蒼國的王城，才往西數里，中途不知為何竟下起大雪來。下雪的同時，遠方的山邊竟然還能看見落下的夕陽，照在一片片飄散的雪花上；除了噠噠的馬蹄聲外，就沒有其他的聲音。

「這個國家……好安靜。」我低低說著，持著韁繩的蒼狼身子一僵。

我為什麼現在才發現呢？北蒼國好安靜，這塊土地很安靜，安靜的像是沒有一點生氣，像一隻靜靜潛伏的獸，卻因為休眠太久，失去了醒來的力量。

「是，這個國家已經安靜很久了，冬天太長，一切都安靜到如同死寂。」蒼狼驀的回答我，放緩了馬兒的速度。侍衛們訓練有素，也同步放慢。

「為什麼呢？」

「妳知道北蒼國的建國神話嗎？」

「不知道。」指尖被凍得發涼，我拿到嘴邊輕呵了一口氣。

「很久以前，這片大地是荒蕪一片，某天有隻白色麒麟落到地上，牠抖落身上的鱗片，鱗片銀白如雪，有女子撿起吃下後就自此有了身孕，生下的孩子就是建立北蒼國的第一任君王。」

「各地的建國神話似乎都不出神獸跟兄妹成親。」老太太我也頗有研究，畢竟許多戲曲也取自神話。

「這自然是聽聽，不過這個故事還有後半段，一般人都只知其一，不知其二。聽說這隻麒麟抖落的其他鱗片落到地上，化成水鑽入地裡，鱗片上帶有麒麟的法力，竟然使北蒼國的土地永不凍結，雖是年年寒冬，卻從來不缺糧食。」

「你相信這個傳說嗎？」我反問。

蒼狼臉上有些訝異。

「這當然只是傳說，麒麟不過是書中記載的神獸，騙小孩的玩意兒，妳會相信嗎？」

我抬頭看著蒼狼，忽的一笑。

「說謊，如果你不相信的話，為什麼會把一個神話故事記得這樣牢？你說你沒有相信，但從你記在心裡的那一刻起，你就是信了。人對於不重視的東西根本不會記在心中，更別說還不時提出來講。」我養了六個兒子，這點小伎倆能瞞過老太太我嗎？

蒼狼臉上閃過一絲狼狽，旋即苦笑一聲。

「有時覺得妳傻，但有的時候妳又聰明的不可思議，不愧是大榮楚家的夫人，楚大丞相當年確實沒有看走眼。」他嘆了聲。

「沒錯，本太子是相信，也許是希望能去相信，假使有一天傳說成真，那麼北蒼國的百姓們生活就能改善。」

「傳說未必不可信。」傳說，就是古老的故事，經由老一輩的人口耳相傳、代代保留下來的，也許人的記憶會模糊，也許中途會增加誇大不實的部分，但肯定有一部分是真的。

「也許這個故事是記載著很久以前，北蒼國這塊土地發生的事。」我說。

蒼狼勒馬停下，剛剛那場下了一會兒的細雪讓他的斗篷上覆滿飛絮般的雪白。

「妳相信？」

「我當然相信。」有什麼好不相信的，沒有理由就懷疑別人是可恥的。

「妳是第三個跟我說這句話的人。」

「第三個？」這麼睿智的話竟然有兩個人先老太太我說出，是誰？速速到老太太我面前來對質。

蒼狼瞥我一眼，抬頭看向遠方。

「第一個告訴我這個故事的人，她很相信，她比誰都相信，她一直期待那一天的到來，期待屬於這個國家人民的春天到來。」

「聽起來你似乎很懷念她。」

「是懷念，只可惜她早已去世。」

「逝者已矣，來者可追，你不要太傷心。」

蒼狼帶笑瞥我一眼。

此時，正好夕陽逐漸西沉，因為雪地的反光使得北蒼國的天空看起來比大榮國淡多了，好像加了過多水的藍彩。可是正因為如此，反而使得夕陽的光芒顯得更美，無數的光影在空中跳耀飄浮。老太太我沒見過這景象，竟然看得出神。

「事情過都過了，妳說得沒錯，來者可追，自然不該因此消沉。」蒼狼淡淡道。接著他一甩馬鞭，馬兒又嘶鳴著奔跑起來。

我看著眼前的景色，卻沒回應他。

途中匆匆經過一座涼亭，兩株乾枯的老樹立在旁邊，左邊的樹上有個大得像臉盆的烏鴉巢。

我皺起眉，想起楚瑜的畫室中有一幅掛軸，正是畫雪景中的涼亭，涼亭邊也有兩株老樹，樹上的烏鴉巢還不似這般大。那幅畫畫得好，簡單幾筆卻是風骨透形；涼亭中還有一個人影。

十四歲那年，有天天氣好，我幫楚瑜把畫室內的畫都拿出來曬，一展開這幅畫就有股說不出的淡淡涼意。

「楚瑜，這幅畫涼涼的。」

「是嗎？妳喜歡嗎？」

「喜歡。咦？畫中的涼亭有人耶！」我指著涼亭，若有似無的有個人影。「楚瑜，這是誰？」

我睜大眼，在小跑步的馬兒上傾身往前。就像楚瑜當年帶笑傾身附耳過來一樣。

「瀅瀅，這……是我。」

「瀅瀅！」

蒼狼的聲音模糊不清，因為我已經整個人摔下馬。好在地上剛下過雪，在裡頭滾了一圈沒受傷，只覺得胳膊有些發疼。

「妳瘋了嗎?竟然自己跳下馬。」蒼狼氣急敗壞的勒住馬跳下來，連忙奔到我身邊，整張臉都嚇白了。

「妳這麼做，很有可能會摔斷頸子，妳知道嗎？」

我愣愣的盯著蒼狼，卻想到一個我從來沒想過的問題。

曾經我以為那幅畫是大榮國的某個地方，可是那幅畫的景象卻出現在北蒼國，如果當時被畫的人是楚瑜，那麼……畫楚瑜的人又是誰？

＊＊＊

我們在天黑前抵達蒼狼的別院。門口有大批的侍衛看守，過了三道門我們才進到內院。

也許是為了我兒子們的安全；但這樣的守衛程度依舊讓人覺得有一絲弔詭。

蒼狼帶著我推開籬笆小門走進內院。

一進到院子裡，裡面兩個正在互相比武的熟悉人影就讓老太太我眼睛紅了一圈。

「小軍，小翊！」

被我一喊，楚軍跟楚翊都詫異的停手，往我這裡看來，兩人臉上都浮現震驚。我跳起來，展開雙掌就往他們奔去。在距五步之遙時，楚翊火速來了一個掃堂腿把自己的二哥掃倒在地，三步併作兩步奔上來，把老太太我抱個滿懷。

「娘！」

「小翊！」久違的小兒子抱起來好像瘦了一點，也變結實了。我抱了一會兒，慌忙把他推開，捧起他的臉細細察看。

「來，讓娘看看，娘看看你有沒有好好吃飯。」

「我有好好吃飯。娘呢？」

「娘也是，娘過得很好……」跟兒子久別重逢，讓老太太我淚如雨下，楚翊更是把老太太我抱緊，勒得我都有點發疼。

「好了小翊，放開娘，娘想要看看你二哥。」

「不要，我這麼久才看到娘。」

「乖，娘也很想你，但先讓娘看看你二哥好嗎？你是乖孩子，聽娘的話。」我哄了一陣子，楚翊才不甘不願的放開我。

楚軍早站了起來，待小翊一放開我，我連忙飛撲過去擁抱這孩子。

楚軍還是一樣，輕輕鬆鬆用單手就把老太太我環抱起來，雙腳離地。

「娘。」

「小軍，你怎麼長這麼多鬍渣，人也變憔悴了？是不是水土不服？」我慌忙往楚軍臉上摸摸，摸得一手刺癢，疊聲追問。

楚軍平時不動如山的表情霎時土崩瓦解，臉上滿是擔憂跟自責，老太太我還沒搞清楚狀況，他就把我的頭按到他肩上去，把臉埋在我的髮中深吸口氣。

「娘，妳沒事真是太好了。都是我的錯，是我當初沒有把妳看好……」

「沒事，不是你的錯，娘是被人請到王宮作客了。」無緣無故消失，肯定讓這些孩子心都碎了，我慌忙解釋。

楚軍不知道有沒有聽進去，只是按著我的頭的手掌微微顫抖，這個一向堅強的二兒子此時此刻的脆弱，讓老太太我的心慌亂的不知如何是好。

怎麼沒有夫子教導我們該怎麼面對這種情況呢？當娘親是門高深的學問呀，實在是能寫成比四庫全書還厚、超過一百八十萬字的教材。

「恭喜兩位跟自己的娘重逢，這真是讓人感動的一幕。」拍手聲從另一邊傳來，是蒼狼，他臉上掛著微笑，身旁跟著許多侍衛。

老太太我突然覺得有些疑惑，此時的蒼狼感覺很遙遠，比在王宮的時候遙遠得多，這是為什麼？

「難道要我們感謝太子殿下的美意成全嗎?還是我們要下跪謝恩?」楚翊站到我們身前，語氣低了幾度，我有些訝異，這孩子的背影何時變得看起來這麼可靠，宛如一個真正的男子漢。

「如果兩位願意本太子也不介意，但是你們應該沒有時間可以浪費吧?說不定等會兒我就會改變心意把瀅瀅帶回宮去。那楚明公子該怎麼辦才好呢?」

「你……」楚軍低吼，語氣裡滿是憤恨。

「楚明?對了，楚明跟楚殷在哪裡?」被蒼狼一提醒，我連忙東張西望的找起這兩個孩子。我們在前院發出這麼大的動靜，喜歡清靜的楚明應該早就出來罵人了吧?怎麼都過了老半天還不見人?

「娘……」楚翊轉過身來，有些遲疑。

「四哥照顧大哥好幾天，剛剛累得去補眠了。大哥剛睡下，一時半刻應該不會醒。」

「剛睡下?楚明會這麼早睡嗎?」我心中的大兒子非凡人也，似乎永遠都有用不完的精力，不用睡覺就能神采奕奕的上朝去。

「因為大哥病了。」楚軍道。

老太太我的心倏的揪起來。

「大哥他生了很重的病。」

＊＊＊

我的大兒子楚明，從小到大……好，更正，從老太太我知道他的那天起，從來沒有生過病，咳兩聲是極限，風寒什麼的根本與他絕緣，掌管楚家之後，上朝廷入楚府每天處理的事沒有百來件也有數十件，未曾見他有過一絲倦怠。

如今卻說這孩子生了重病？怎麼可能？

楚軍抱著我進到房內。

房內瀰漫著濃濃的藥味，老太太我吃藥吃成精，甚至還能聞出幾味藥材，一想到嘴裡就直發苦。

「大哥剛睡下，娘小聲點。」楚軍把我放下，語氣很輕。

我湊到床邊看著躺在床上的楚明，雙眼立刻朦朧起來。

怎麼娘一不在身邊，這些孩子就不懂得好好照顧自己呢？

楚明憔悴了許多，平時總是板著臉、不冷不熱的語氣，總也看不出這孩子的心思，可是這會兒卻貨真價實的瘦了，臉上毫無血色，雙頰凹陷，雙眼緊閉著，睫毛在臉上投下一道陰影。

「這孩子怎麼會瘦這麼多……」看得為娘……心疼啊！

他睡得很沉，即使在睡夢中眉頭都有些蹙起，也許還在思考什麼國家大事，一隻手無意識放在被外，手上還抓著一本藍皮的線裝冊子。

「病了也不好好養病，看什麼書？」我看到那本冊子，嘴裡輕責他兩聲，伸手就去拿，睡夢中的他還無意識的用力，老太太我扯了兩下才成功扯下來。

「各式大壩修築之法？」我盯著書皮，楚明為什麼要看這個？

「唔……」手上的東西若被拿走，楚明通常會有所警覺，要是平時他一定會轉醒，但這會兒可能是喝了藥睡沉了，他緊閉著眼低吟，伸手無意識的在被子上胡亂摸索。

老太太我忙擦擦眼淚，把老手伸過去讓他握。他反手握在掌心裡，臉色竟然舒緩些，長長吁了口氣，眉間鬆開來。

「這孩子還是這麼倔強。」我放下書，順一順他散在枕邊的髮。想起楚軍楚翊還在後面，轉頭道：「很晚了，你們先去睡。這幾天你們也忙著照顧楚明對吧？今天既然娘來了，娘來照顧就好。」

楚軍點點頭不作聲。

楚翊臉上卻有些不甘，看了看自己二哥的臉色，又看了看床上的楚明，終歸是悻悻然跟著楚軍出去了。

「娘……」

床上的人低低喊了一聲，老太太我忙轉回來，以為楚明被吵醒了，見楚明仍然閉著眼，才明白他正在說夢話。

聽說夢裡說的話是人無意識脫口而出，最真實，也最沒有矯飾的。

總以為這孩子對我不親，夢中卻脫口而出就叫娘，老太太我心中甜滋滋的，脫掉外衣上床躺下。躺了一會兒又覺得有些冷，乾脆把楚明推到另一邊的角落，自己也鑽進被窩內。

「楚明，這是娘第一次陪你睡吧！」所有的兒子中，只有楚明是從來不跟老太太我同床共枕的。

十歲那年，老太太我就知道楚明的存在，但那會兒天天纏著楚瑜，只對楚瑜的事情上心。

那時楚明小小年紀，臉蛋就跟楚瑜是一個模子印出來的，總是嚴肅著一張臉懷裡捧本書，沒見他笑過。每次楚瑜在書房抽問他的功課，我都躲在屏風後一邊吃點心一邊看，什麼《上諫明思君逐客卿論》、《大榮國之水經注》，皆熟讀於心，沒有考倒過他。

「楚瑜，你兒子好厲害，什麼書都會背，你叫他下次倒著背好不好，古人說倒背如流，我想聽聽看倒背是怎麼個背法。」

「小狐狸，我的兒子可不是玩具。」

「可是真的很厲害嘛，看不出來跟我一樣大。」

「我才看不出來你們一樣大呢！他喊我爹，妳跟他同輩分，卻老叫我的全名，人小鬼大。」

我不服氣，鼓起臉頰反駁，「書上說，就思想上來講，女孩子一般成熟比男孩快，男孩十歲有十歲的思想，女孩子十歲能夠有十四歲的思想，我快要滿十一歲了，這代表我的思想上已經到了可以成親的年紀。」

「可以成親的年紀？妳還這麼小，誰娶妳就像娶個小娃娃回家養。」楚瑜放下筆，捏捏我的鼻頭。我退後兩步，拒絕被當小孩哄。

「我才不是小娃娃，我的思想很成熟！」

楚瑜但笑不語，又提起筆來。「妳說那孩子優秀，我倒不這麼覺得。」

「為什麼？」我正忙著偷偷把楚瑜桌邊帳冊的順序弄亂，這樣等會兒可有他好看，誰讓他瞧不起我，說我小娃娃。

「那孩子甚至不及妳的一半，這樣下去成不了什麼大器。」

「真的嗎？可是我會背的東西大概連他一半的一半都及不上。」可能是一半的一半的一半，那還剩下幾成啊！

「這後面有一個故事，妳想聽嗎？」

「想聽，我最喜歡聽故事了！」

「想聽的話，就乖乖把帳冊按日期重新整理好，下回不可以再這樣調皮搗蛋。」

討厭！楚瑜一定不只兩隻眼睛……

等到聽完那個故事，我疑惑的瞪大眼，似懂非懂的看著楚瑜。

「既然楚瑜知道，為什麼不跟你兒子說呢？」

「瀅瀅，這是一個時機上的問題，有些事情要趁早教導，有些事情卻是要看機緣，時機到了就能一語驚醒夢中人。他這孩子從小天資聰穎，比我還聰慧上三分，雖然沒表現出來，可是目中無人矜傲自大。要知道，自以為聰明就是邁向毀滅的道路，這樣的孩子成不了大事。」

我聽著，恰好有隻蝴蝶飛進來，繞著房內飛啊飛，我看得心癢癢，很想去撲蝶，礙於楚瑜還在說話，楚瑜又是我最喜歡的人，只好拚命忍耐，只是視線忍不住跟著飛啊飛，心思都飛遠了。

「他遠不及妳，那是因為妳……唉……瀅瀅，妳有在聽嗎？」

「有，那我可以去撲蝶嗎？」

「真是……去吧！」楚瑜淡淡一笑，揮手讓我走。

我立刻蹦蹦跳跳的出門去。

楚瑜雖好，有時都會跟我說些深奧的話，我有聽沒有懂他也知道，卻不厭其煩一次又一次的告訴我。

十五歲那年，楚明高中狀元，家中張燈結綵。楚明在侍衛的護衛下風風光光踏進家門。楚瑜笑著接應，拍拍他的肩，卻什麼也沒說。

那天非常熱鬧，晚宴到了深夜才散席，我身為未來的女主人，自然是從頭忙到尾。好不容易送走最後一位賓客，想去花園吹吹涼風，一踏進涼亭卻發現裡面已經有人在。

「喔，很抱歉……」是哪位賓客躲在這裡沒送走？空氣中飄來濃濃的酒味，桌上還有不少空瓶子，顯然他已經自己喝了許久。

「晚宴已經結束了，這位客人，請問您家在哪裡？」我上前拍了拍對方的肩膀，趴著的人滑開半邊，赫然是楚明。今天的新科狀元郎，竟然躲到這裡來喝悶酒。

「是……妳……」

「呃……你好，未來的兒子。」跟楚明打過很多次照面，話卻沒說上幾句，之前最少都會有楚瑜在身邊，如今兩人獨處，顯得有點尷尬。

「坐，我未來的娘。」他嗤笑一聲爬起來，臉上紅通通的，一手往上梳，把散落的髮都梳到腦後，又自斟自飲起來。

「酒喝多了不好，有礙發育……」我看了他一眼，不免有幾分擔憂，弱弱的提醒他。可能這孩子不但跟我同年，還像極了楚瑜，總是對他板不起臉來。

「今天……是喜事……喝多了也沒人會責怪……反正就算考上狀元……爹也不會高興。」

「楚瑜當然會替你高興。」

「少騙人了，妳看看，今天爹一句話都沒說。他從以前就是這樣，不管我把書讀得多好、表現得有多優秀，大家都稱讚我，他卻是一句讚美也不給我，我是那麼努力……那麼努力……」

「你努力的真的是你想做的事情，還是只照著眾人的掌聲走而已？」

「妳說什麼？」

我聳聳肩，說起楚瑜給我講過的那個故事。

「這故事是說，很久以前，有一個狀元郎。」

「狀元？呵呵……妳在諷刺我嗎？」

我不睬他，繼續說下去。

大榮國曾經出過一名天才，小時就有神童之稱，人家說學富五車，這孩子能說得上是學富十車，讀過的書還要讓他的爹娘多買三棟房子來放才放得下。他爹娘覺得自己養了一個天才，更是日益督促，周遭的眾人也頻頻鼓勵他登科進仕。

在十六歲的前一天，他考取了狀元，大家都以為他的人生就此一帆風順了。

「那你猜猜，這位狀元三十六歲那年在做什麼？」

「自然是位極人臣，當上丞相了。」

「大錯特錯，他為官滿二十年的那天，辭官成了養雞場的老闆。」

「他瘋了嗎？」

「沒有，他好端端的，養雞場也經營得不錯。」

「未免大材小用。」楚明斥了一聲，語氣裡滿是不解。

「他的父母哭天搶地，說自己兒子一定是被鬼迷了心竅才會做出這種事情，眾人也全都相信。這狀元郎卻是一語不發，埋頭養雞，直到他五十一歲重病之際才說出原因。」

我深深吸口氣，覺得這段話應該要從丹田發出氣來說。

「他說，其實我對那些書一點興趣也沒有，但眾人都期待我讀書，而我不過恰巧會讀書，可我的聰明反而誤了我，我拿我的大部分人生去做一件我可以做到卻不喜歡的事情，直到我發現我不願意為了這種人生付出我的一切，可惜已經遲了。」

聰明的孩子不該為他的聰明而付出終生代價，去走一條大眾認知的人生路，可是很多人往往被掌聲迷惑，自以為聰明的走下去。等一生走完後，才發現那份聰明只為了成就眾人的夢，而忘了尋找自己的理想。

「你一直活在眾人的讚美中，怨懟楚瑜不讚美你。其實楚瑜會這麼做是因為愛你。他知道你讀書不明所以，你考狀元不過為了證明自己是大榮國史上最年輕的狀元。他知道你這麼下去，不過成為一個庸碌之官，你心無天下，無百姓，只有自己。」

楚明停下了斟酒的動作，本來有些混濁的眼神逐漸清明了起來。

「楚瑜他不希望主導你的人生，他想要做的是幫助你。他覺得你這樣錯下去，要不就渾渾噩噩的過一生，要不就是在臨老時才後悔，而這兩樣他都不樂見，可是由他來說，你只會覺得是藉口，於是他只能沉默。」

當爹的也有難為之處。楚瑜的苦心，我是看得分明。

「很晚了，喝完酒就早點回去休息，要不然晚風一吹，明天說不準會得風寒。」

「妳呢？妳憑什麼這麼說？妳又知道自己在做什麼了嗎？跟我同年，卻要成為我的後娘？」

他在我背後揚聲一喊，我側身回眸拋給他一笑。

「誰能時時刻刻清楚自己在做什麼呢？但是從我遇到楚瑜開始，相處的每一刻我都沒有後悔過，我愛他，他就是我這一生想抓緊的東西，與別人說的話無關。」說罷，我就把楚明留在原地逕自離去。

七天之後，楚明拒絕了大榮國國君的賜官，認為自己才疏學淺，自願調派偏鄉，從下品小官做起，眾人大為吃驚，許多人來跟楚瑜打小報告，楚瑜都不發表任何言論，只是那天晚上把自己的兒子叫進房內。

「做得好。」

楚明拱手接受，離去前瞟了我一眼，道：「我不是被妳說服，我只是想證明自己的確想做這件事，不是為了誰。」

唉～這孩子的確很倔強！

第七章

有蝴蝶在臉上飛啊飛，我伸手去撥開，蝴蝶卻反而停下來，癢絲絲的。趕又趕不走，只好不甘不願的睜開眼，正好跟楚明大眼瞪小眼。

「娘。」他笑了一笑。老太太我這輩子是第一次看到我這大兒子笑得這麼溫柔充滿人味，不由得也回他一笑。

「你看到娘，怎麼一點也不訝異。」但這一點還是一樣不可愛，這孩子從小八風吹不動，泰山崩於前面不改色，就算老太太我想嚇一嚇他也沒辦法。

天將亮，房內還是很昏暗，楚明的輪廓有些模糊不清。

「娘不是說過嗎？不管在哪裡，妳都是我們的娘，會守護我們的。」

「那是當然。」聽得老太太我心口暖洋洋，伸手過去輕輕一攬，卻被楚明順勢收手抱到懷裡。

「娘不見了，我真的很擔心。」

「呃……」我猶豫的瞄了楚明一眼。平時發生這種事，老太太我都會被楚明抓到楚府大廳家法審判，今天他語氣這麼溫和的談起這件事，反而讓老太太我有些擔憂。

「娘很好，娘只是到北蒼國王宮內坐坐，一切都很好。」

「嗯，看起來娘過得不錯。太子總歸沒虧待妳。」

我輕輕扭動身子，覺得這麼溫柔的楚明實在倍覺弔詭，還不如像平常那樣板著臉教訓我好，這樣我還能哭著跑去找小殷安慰我。

「楚明……呃……不生氣嗎？」

楚明突地微微一笑，帶點病態的模樣反而軟化了他平常那股威嚴。

「娘說說，我是要生氣什麼？」

「呃……氣我不告而別……嗎？但娘可以解釋，當時是為了小風的事情；娘聽說他在慕容家，當年慕容家跟凶神惡煞一樣要來把小風搶走，娘擔心同樣的事情會重演，才會急急忙忙的離開，娘絕對不是不告而別。」

楚明動了一下，一隻手支起頭側身過來，把老太太我連同被子捲在他懷裡，室內只有暖爐不時發出的嗶啵聲，楚明的髮散下來落在臉上癢癢的，讓我忍不住呵呵的笑出來，伸手捉著他的髮尾玩。

「如果罵了娘，娘就會覺得自己有錯嗎？」

「娘是為了小風，當然沒錯。」理直氣壯得很。

「那我何必罵娘呢？況且我要是生氣，從娘堅持要來北蒼國那時就氣死了，哪來等到現在。」

聽到這句話，我心虛的看了看他，鬆開正在玩弄的髮尾。

「娘也不懂。」

「不懂什麼？」

「為什麼你要跟娘一起來，你們……一直都在懷疑這個楚瑜的身分不是嗎？既然這樣，你為什麼要來呢？」老太太我心中一直好迷惑，不能理解，今日只有我跟這個大兒子，剛好把話問清楚。

「我來是有我的原因。娘會來，也是有娘的原因不是嗎？」

「呵呵，娘想說也沒來過北蒼國，來遊山玩水也不錯。」

楚明垂下眼睫，對我的話不置可否。

「娘習慣說謊。」

「胡說，娘身為你們良好的典範，從來都是行得正坐得端，堪稱模範娘親呢。」

「也對，但我說得不對，應該說娘習慣說真話的對象只有一個人。」

楚明忽然湊近些，老太太我能從那對眼眸中看見自己的樣子，不由得呼吸一滯，這孩子……真的長得像楚瑜嗎？為什麼隨著時間過去，就覺得記憶中的楚瑜越來越模糊？

我下意識的伸出手，想把楚明推遠些，卻不能如願。

「娘只習慣跟爹說真話。不管我們做了什麼，在娘的心中永遠不及一個爹。」

「說什麼傻話，娘也是很愛你們的。」我乾笑一聲，覺得這種溫和的楚明反而讓人嚇出一身雞皮疙瘩。

「娘還是不願意跟我說實話嗎？」

我抿抿脣，突然有些了然過來。我這些孩子們太聰明，終歸瞞不過。

「娘從來都不相信爹死了對吧？」

不過一句話，就讓老太太我的眼前模糊起來。

六年前，一句死訊，一箱他的遺物，這些東西就要我相信楚瑜死了？

「你能信嗎楚明，你能信嗎？你信楚瑜就這樣死了嗎？」我的眼淚大顆大顆的落下。這麼多年來我跟這些孩子們生活得越快樂，對楚瑜的思念就越發的加劇，楚瑜是什麼都留給我了，高貴的身分、富可敵國的家產，我繼承了一切，還有這六個兒子。可也就是這六個孩子，讓我無時無刻不想起他。

「娘每次看到你們，心裡就疼上一分。你們每個人都不像楚瑜，可是你們每個人身上都有楚瑜的碎片。你的嚴以律己像他，楚軍的擇善固執像他，楚海愛冒險的勇氣像他，楚殷不被世俗束縛的氣節像他，楚風無處不自在的瀟灑像他，還有楚翊那樣高超的行商手腕也像他。你們每個人都不是他，可是每個人卻都像他。」

楚明不答，只是靜靜拍著我的背任我哭泣。

「娘知道……娘知道娘真的很任性，娘對不起你們，娘到最後還是沒能當一個好娘親，如果是你們的親娘的話，一定能夠把你們的安危放在最優先，在第一時間就該阻止你們到北蒼國來，可是我為了楚瑜，什麼都不管了。」

這麼多年來，我把話放在心底，把這些心事壓在心裡，以為一輩子就這樣過下去了，可是誰知道蒼狼竟然會扮成楚瑜出現，我當下立刻有了想法。

「天下易容者，大多是在臉上做文章，除了臉上做的手腳以外，還必須跟本人相處一段時間，習得對方的說話方式、走路姿態、習慣的小動作等一言一行，否則輕易就能讓人識破，娘是想這個人可以扮爹扮得維妙維肖，一定是曾經跟爹相處過對吧？」

我還沒說，楚明卻柔聲替我解釋。這孩子太聰明，是什麼都瞞不過他。

「對。北蒼國的人何以能學得楚瑜的一言一行，除了那六年以外，我想不出別的原因。」

我這一趟原是尋楚瑜來的。只要他還有一絲微乎其微活著的可能性，不管他是變成什麼樣子，我一定要把他帶回大榮國。

「只是娘沒想到你們竟然會跟來。」

「娘怕如果妳跟我們說了實話，坦白這個爹是假的，我們說不定會阻止妳，對不對？」

「娘能不擔心嗎？」我苦笑一下。跟楚明這聰明的孩子講起話來不累，但太聰明也讓人畏懼。

「但是娘從來沒替我們想一想。對我們而言，妳口口聲聲要當我們的娘，最後防著我們的人也是妳；妳讓我們成為妳的家人，可在妳心中的家人，其實只有爹一個，這不是很不公平嗎？」

「娘沒有這麼想，只是……只是……」

「不管我們做了什麼，在娘心中，只是因為妳對爹愛屋及烏，才會對我們好。妳擔心爹，可就沒想過我們也一樣擔心妳。」

「這兩種擔心是不一樣的……」我跟楚瑜，跟這些孩子擔心我這個娘的感情不一樣。

「一樣，沒有什麼不一樣。」楚明卻斬釘截鐵，說得絲毫沒有猶豫。

「娘在看著別人的時候，卻忘了也會有人看著妳。」

我聽得迷糊，覺得楚明的話越發讓人不解。楚明把我的髮勾到耳後，低下頭在我額上輕輕一吻。

「如果這次能平安回到大榮國，我們便不再這麼寵妳了。」

「什麼意思？你們要把娘拋棄？」

「也許吧！」

「你們怎麼忍心讓娘去當孤單老人，太不孝了！」

「我們沒有要拋棄妳。」

「那是什麼意思？」

「但我們不要妳這個娘了。」

＊＊＊

「來，喝藥。」

我把一匙湯藥吹涼放到楚明脣邊。看他乖乖喝下，這樣親手照顧自己的兒子有種莫名的滿足感。早上我們的話還沒說完，侍女們已經進來問安，迫使對話不得不中斷。

這裡的侍女比北蒼國王宮內的冷漠多了，她們板著一張臉，一句話都不肯多說，一點也不可愛外，還個個都很粗壯，比起服侍人的侍女，更像是女護衛。

「你這孩子真乖，都不會抱怨藥苦。」我讚美著，放下空的碗，拿帕子擦去楚明脣邊的藥漬。

「我只想快點好起來。如果學娘那樣一哭二倒三逃跑的吃藥法，我這病大概拖過年都不會好。」楚明淡淡的回應，隨即側身從一旁的茶几上抽出一本書。

我眼明手快，迅速搶了過來。

「才稱讚你，瞧瞧你現在在做什麼？」

「看書。」

「你忘了自己是病人嗎？」

「病人沒有看書的權利嗎？」

「病人要多休養，吃好睡好才能好得快。」

「我已經好很多了。」

「騙人，讓娘量量體溫。」我嘟囔著放下書，湊上去抱著他的頸子，用頰貼上他的額頭。

「看來楚大公子好很多了。」

還沒量出結果呢，後頭就有人插話。

我轉過身去，看見蒼狼站在那裡，臉上掛著微笑。「蒼狼？」

蒼狼朝我笑了一笑，視線就移到楚明身上。

「能夠見到自己的娘，果然楚大公子病也好得快。」

楚明不語，卻默默伸出手順著我的腰將我摟緊，說不出的警戒。

「本太子來是想問一問楚大公子的答覆，你說讓瀅瀅留在你們身邊是好，還是不好？」

怪哉，怎麼會問我兒子這種問題，當然是留在兒子身邊好啊！

楚明的手緊了一緊。我訝異的低頭看他，只見他眼神閃爍，吐出一句話，「好，我答應。」

蒼狼笑了，微笑幅度霎時擴大。

「那麼也無須委屈楚大公子待在這個地方，不如跟本太子一起回宮，請鬼醫來治療會好得更快。」

楚明點頭。

我看了看他，又看了看蒼狼，總覺得這兩個孩子古裡古怪。

「那麼我立刻讓人安排回宮的行程。」蒼狼拱拱手，離去前看了我一眼，脣蠕動了一下，好像想說什麼，終是沒有說出來。

蒼狼前腳才剛走，我後腳立刻審起楚明。

「你們在說什麼小秘密，快點告訴娘。」

「沒什麼，一點小事而已，娘不用在意。」

「娘就最愛聽小事，快點說。」

「那這是大事，會讓娘傷腦筋，娘別聽。」

「大事娘愛聽不愛參與，還是要說。」

楚明無可奈何的一嘆，往後靠在床柱上。

「沒什麼，只不過是北蒼國的太子殿下希望我幫他完成一個計畫。」

「什麼計畫？」

「讓北蒼國的永凍層融解。」楚明解釋著，信手抽過枕邊一條髮帶要把散下的髮束成一團。

「來，娘幫你束。」我伸出手，表示要幫他束髮，推他坐起身來，讓侍女拿把梳子過來替他梳頭。

「謝謝。娘還記得嗎？我們到北蒼國王宮的路上，妳跌倒在地，但地上的土卻是沒有凍結的。」

「現在想起來是有那麼一點奇怪。」我漫不經心的回應，一不小心就扯斷了楚明幾根頭髮。

「蒼狼太子幾年前就推動這個計畫。北蒼國是我們以為的冰雪之國，可是卻蘊藏著豐富的地下熱源，若是能引水經過地下，水自然能成為暖水融解凍土，那麼北蒼國便可解數百年以來的缺糧之苦。」

「娘在宮內也聽過。」

「娘知道？」

「娘聽宮女們說過。而且在北蒼國王宮內，也種著跟楚府內一樣的植物，娘想了半天就是想不起來那種植物叫什麼，楚明你記得嗎？」

「這種事娘應該問小翊才對。是種在府內哪裡？」

「你的書房前面。」

「喔，若是那個的話我知道，那種植物叫做春不老。」

「春不老？」我愣了一下，停止把楚明的頭髮綁成麻花辮的動作。

「楚瑜，這是什麼植物？」

「這個叫做春不老。」

「為什麼你要在書房前種這個，種種花不是更好嗎？春天杜鵑開，杜鵑花裡杜鵑啼，種上一整片杜鵑該有多美。」

「杜鵑花裡杜鵑啼。難得妳有這份巧思，哪裡讀來的？」

「我忘了，好像是在夢中讀過。」

楚瑜聽我這麼說，臉色微微一凜。

「除了這個，還夢見什麼嗎？」

「沒有，最近很少做夢了。」

聽我這麼一說，他的臉色才微微放鬆。

「這不是我種的。」

「那是誰？」

「一個妳不認識的人，她已經離開很久了。她是一個……非常非常渴望春天的人。」

「渴望？是不是說錯了，應該是喜歡吧！春天年年都會來，為什麼要去渴望呢？」

「因為她來自一個沒有春天的地方，那個地方很冷很冷，連人心都會結凍。」

「呵呵呵！」我指著楚瑜大笑起來。

「笑什麼呢！瀅瀅。」

「她好笨，不知道人的心放在胸膛裡，要是真的結凍就死掉了。」

「妳傻，這是比喻。對她來說，春天是遙不可及的事情，她雖然來到大榮國，卻總希望把春天帶回她的故鄉。」

「春天是看不見摸不著的，要怎麼帶走呢？」

「妳說的沒錯，這也是我一直在思考的，該怎麼讓春天降臨那個國家。」

我正忙著抓蝴蝶，忽然被人從背後攔腰抱起，立刻掙扎起來，兩腳亂蹬。

「我的蝴蝶會飛走啦！」

「是啊！春天如果沒有蝴蝶，就像失了生命力一樣。」

楚瑜帶笑的讓我坐在他的右臂上，我變得居高臨下俯視他。第一次這樣看著楚瑜，我覺得異常新鮮，也忘記要抓蝴蝶這回事。

「妳就是像蝴蝶一樣的存在，瀅瀅。」

「可是外面的人都說我長得像狐狸精耶……」走獸類跟昆蟲類一樣嗎？

楚瑜一笑，搖搖頭，我好喜歡好喜歡他笑的樣子，眼中彷彿有星光閃爍。我伸手摸摸他的眉毛，也跟著噗哧一聲笑起來。

「妳會替身邊的人帶來生命力，只要妳願意，妳什麼都能做到。」

「我好喜歡楚瑜笑，只要你笑，我什麼都願意做。」

楚瑜的臉色隨著我的話微微一黯，突地把我抱緊。

「瀅瀅，是我不好。若是我做錯什麼，妳要原諒我。」

「好啊！什麼都原諒你！」

楚瑜撥開我汗濕的瀏海吻一吻我的額頭。

「去吧！去抓蝴蝶吧！」

這是大婚前我們最後一次長談，後來楚瑜出征，什麼話都沒留給我。

「娘，想什麼呢？」楚明的話把老太太我拉回現實，我慌忙繼續編著楚明的辮子，不過七零八落的麻花看起來不太可口。

「沒什麼，娘只是在想……在想府內那幾株春不老是誰種的，挺好看的……」

「爹說那是我娘種的，她喜歡春天。」

「原來是楚明的娘……」

楚瑜口中的「她」是指楚明的娘嗎？

那時楚明的娘生下楚明不滿一月，聽說是到院子裡坐坐時吹了風，沒想到竟然一病不起撒手人寰，楚明也不曾見過她的面。

楚瑜有兩任妻子沒有留下畫像，一個是楚海的娘，聽說她為人神秘低調，另一個就是楚明的娘，沒人知道原因，但楚明的娘就是沒有留下任何畫像。

「楚明……你會想你親娘嗎？」我拍拍他的髮，坐回他身側，他要伸手去摸時被我阻止，要是讓這孩子知道我幫他綁了條大姑娘的麻花辮肯定氣死，但娘就是想綁綁看……沒女兒用兒子來過過癮也好。

「有時候難免會，畢竟她生下了我。」

「唔……」

「但是娘不用擔心，在我心中，妳是最特別的。」楚明低低輕語，讓老太太我心中既熨貼又舒服，哇～誰說生兒子不如女兒好，瞧瞧我兒子綁了個女兒家的髮型，連說話方式都不一樣了。

我感激得熱淚盈眶，正拿手帕擦淚，楚軍帶著楚殷走進來。楚殷臉上還有些倦意，看見我的當兒眼眸倏的瞪大。

「娘！」

「小殷！」我跳下床，像乳燕投懷那樣奔到他懷裡，來個感人的母子重逢，抱著他的脖頸被他飛轉起來。快來人奏樂！這一幕真是可歌可泣。

不過，轉了十圈後我頭都暈了，小殷才把我放下。

「娘一切都還好吧？」

「娘很好，除了前天喝湯燙到舌頭、炸蝦被景天太子吃掉以外都很好。」一見到這溫柔的兒子，我忙不迭的就跟他抱怨起來。

楚殷安靜的聽著，身上依舊透著淡淡的香味，我湊上前，滿足的深深吸氣。

「娘也很懷念你身上的銅臭味。」

「娘，這不是銅臭味好嗎……」楚殷的嘴角抽了抽，無言以對，視線轉往床上的楚明時，臉上的表情立刻僵住。

「怎麼了？」我看過去，只看到綁著大姑娘髮型的楚明，再看了看楚軍，他的表情好像是天上妖星已經撞到地平面。

楚明發現我們的視線，放下手中的書轉過臉來，這孩子綁姑娘髮型真好看，一舉手一投足都是風情，但他至今沒發現還一臉嚴肅，早知道就在鬢邊多簪朵花。

「沒、沒什麼，大哥今天氣色……好多了。」楚殷結結巴巴，一點也不像平時說甜蜜情話像倒水般容易的花錦城佳公子。

「嗯，這幾天辛苦你了。」楚明看了看他們兩個的表情，眉頭一皺，似乎發現案情並不單純。

「怎麼了？」

「我也不知道。」我回以無辜的一眼。

楚軍跟楚殷飛快的護著我往後一步。

楚明似乎意識過來，慌忙伸手往後一摸，把麻花辮拉到眼前。

「娘——」一個單音還能夠把音節升高，聽得出來他頗生氣。

「在，你覺得好看嗎？」

楚明的臉逐漸變成鐵青，看了看自己兩個弟弟古怪的表情。

楚殷見情況不對，立刻把我打橫抱起。

「娘還沒吃早飯，大哥是病人，跟娘一起用餐可能會傳染，我帶娘到我房裡去吃，大哥你好好休息。」接著他飛速移到門邊，三秒內開門逃出去，就聽見裡頭傳來怒吼。

「娘！」

「誰讓二哥笨、跑得慢，就辛苦二哥了。」楚殷輕嘆口氣。

跟小殷吃過飯後，老太太我就在他房內喝茶。

「好久沒喝到小殷泡的茶，娘好開心。」我捧著茶杯笑咪咪，真是應驗那句古話：有子萬事足。

「娘喜歡就多喝點。」楚殷提高茶壺把茶水注滿，根據他的說法是要讓更多空氣進入茶中，讓茶水喝起來有滑順的口感。他說的我聽不太懂，只要好喝就好。

「宮裡就是沒人泡的比小殷好，小殷的茶都像加了蜜一樣好喝。」

「謝謝娘的讚美，只可惜不能再替娘泡了。」楚殷說到這裡，微微黯然的放下茶壺，眼角含愁的瞟我一眼，真是眉目如畫，似輕煙籠罩，老太太我忍不住一撲向前摟住這孩子。

「怎麼了？為什麼不能替娘泡茶呢？」誰敢說不可以，為娘的跟他拚了。

楚殷嘆口氣，低垂眉眼跟我額碰額。

「蒼狼太子說下午娘就要回北蒼國王宮，只有大哥可以跟娘一起回去，想到接下來又要跟娘分離，我就心痛難當……」末了，眼角還流下兩行清淚。

兒子都這麼說了，娘怎能不管？看他這般黯然失神，為了跟娘分開而難過，娘是怎麼樣也要想想辦法。

「別哭，別擔心小殷，娘一定會想辦法的，娘不會把你丟下。」

「娘……」

「娘這就去跟蒼狼說，讓他把你們都帶上。」

「我想蒼狼太子不會同意的。」

「娘一定會讓他同意的。」

「娘不要勉強。」

「不勉強，一點也不勉強，娘馬上就去。」說到要求什麼，老太太我可是高手。

楚殷眨了眨眼，眼中淚光閃爍，嘴上卻浮起半個微笑。

「那我等娘的好消息。」

第八章

「蒼狼！」我砰的一聲撞開別院的書房大門，侍衛們認識我，不但為我指路還畢恭畢敬的放行，沒有人敢攔我。

蒼狼見我來，連忙站起身，表情異常柔和。

「怎麼了，瀅瀅？」

「你下午是不是要帶我們回宮？」

「是，妳跟楚大人。妳不是一直見不到兒子覺得寂寞嗎？這樣應該就不寂寞了吧？」

「為什麼不能把楚軍楚殷還有楚翊都帶走?」我奔到他跟前，大聲的質問他。

可能從來沒見過老太太我橫眉豎目的樣子，蒼狼一下愣住了。

「本太子應該說過了，那是為了怕引起別人的注意……楚大將軍的身分容易惹人注目，我是為了他們的安全考量。」

「那楚殷楚翊怎麼就不能去了?他們又沒有官職在身，蒔花弄草跟做做針線活而已，哪有什麼身分敏感問題?」

蒼狼苦笑道:「蒔花弄草跟做做針線活?妳這兩個兒子的財富加起來可比一小國，卻讓妳說得這麼輕鬆。」

「錢財乃身外之物，不重要。我們的母子情分比較重要，要是見不到我這些兒子，老太太我會很寂寞的。」

「這是為了他們的安全考量，瀅瀅妳要體諒。」蒼狼很堅持，絲毫沒有軟化的跡象。

老太太我見硬的不行，嘴一癟，眼中慢慢浮出水光。

「我們會很低調很低調，保證不惹麻煩。」

「這不是低調的問題……」

「只要不被發現就好了，不是嗎？」

蒼狼一下為之語塞。我淚眼汪汪，捉著他的袖口晃啊晃請求。

「因為沒有兒子陪我玩，我真的好寂寞。孩子要拿來抱，拿來寵，拿來玩的。」

「聽妳說的好像妳的兒子是玩具。」蒼狼輕笑起來，可是笑意卻不到眼底。

「你也不希望看見老太太我因為過度寂寞而悶出病來對不對？你知道我的副業剛剛被停辦了，老人家如果一個人獨居，很容易變得傻傻呆呆，至少讓我多幾個兒子陪伴在身邊，好慰藉我寂寞之情。」

「這……」蒼狼看著我，語氣雖帶遲疑，眼神卻沒有動搖。

我看得心裡一急，淚水就撲簌簌的落下。

「這裡離大榮國千百里遠，你把我一個老人家帶到這裡，我孤苦無依又寂寞，你說你身為一個晚輩這樣做對嗎？」後來，我乾脆扭著手帕大哭起來。

「只是、只是想把一個種種花草的兒子帶回宮裡陪我開心開心，一個會做針線活的兒子帶在身邊替娘補補衣裳，這樣有錯嗎？為什麼不肯實現老人家的一點點小心願呢？」說到後來，我忙著用眼淚替蒼狼洗袖口。

「妳……唉……」蒼狼低吟了聲，又問：「妳真的這麼想要跟妳兒子在一起嗎？難道本太子陪妳不行嗎？」

「你陪我當然很好啊！」我頭也不抬，哭哭啼啼的繼續說道：「可是你那麼忙，宮裡又鬧鬼；你知道那種東西最可怕了，輕飄飄又冷冰冰的，聽說鬼怕人氣，你多讓幾個人陪陪我嘛！」

「那我多派些宮女到妳宮內……」

「老太太我也會怕生啊！這地方人生地不熟的……好嘛！你就答應老人家的心願，好不好好不好好不好……」我央求著他，扯著他已然濕透的袖子直晃。

蒼狼看著我，好像想到什麼，脣邊泛起半個微笑。

「妳真是……個性始終沒變。」

「什麼？到底行不行？」我睜著眼瞅著他。以前當小姑娘時想要什麼總是這樣胡攪蠻纏，年紀大了行為也莊重些，不過這會兒被逼急了，竟然連小姑娘的招術都拿出來用。

「妳答應我絕對會低調？」

「會會會。」只是低調這詞是什麼意思，待老太太我回去查查字典。

「但是楚大將軍必須留在這裡，他的身分比較敏感，可以嗎？」

「不能把楚軍也帶回去嗎？」

「瀅瀅，王宮可不是楚府，讓妳想帶誰就帶誰的，我也有我的難處。楚大將軍不是小貓小狗，沒辦法這樣隨便帶進去。」

我看著蒼狼，明白他已經做了最大的讓步。雖然有點不甘願，不過楚軍這孩子從以前就不太好玩，只留下他估計老太太我也不會覺得無聊。

「我明白了。」說完，我湊上蒼狼的頰邊，像往常親吻我兒子們一樣輕輕一吻。他愣了一下摸住臉龐。

「你真是一個好孩子，能夠理解長輩的心意。老吾老以及人之老，幼吾幼以及人之幼，你一定能夠成為一個好君王。」

蒼狼撫著臉頰，若有所思。

「在這個國家，妳是第一個對我說這句話的人。」

「是嗎？那是因為老太太我的眼光很好。」得償所願，老太太我兀自開心的轉起圈圈。別看我一把年紀，行動還是敏捷得很。

「妳怎麼知道自己眼光好？」

「人家說女人一生最重要的事情就是選丈夫。要知道一個女人的眼光好不好，看她的丈夫就知道，我選了楚瑜這樣一個丈夫，你說我的眼光能不好嗎？」

蒼狼的臉色忽的嚴肅起來，什麼都沒說，卻把視線轉開。

「妳去通知他們吧，讓他們準備一下，一起回王宮。」

＊＊＊

滿心以為兒子跟我回宮以後，接下來就是我們一家天倫相聚，沒想到我的兒子們卻是成天見不著影子，老太太我成天在宮裡左等右等，小墨唱的曲子全沒聽進去。

「夫人……」

「嗯。」

「您喜歡今天的曲子嗎？」

「不錯不錯，那首《牡丹春》唱得不錯。」

「奴家今天還沒開始唱……而且《牡丹春》是前天唱的。」

「呃……是嗎？」

「夫人，是不是有什麼煩惱？」小墨在我身邊坐下。

這些日子的相處，讓她跟老太太我的感情突飛猛進，我說過好幾次要收她當乾女兒都被她笑著拒絕，說高攀不上，這麼謙遜的女孩讓老太太我更是喜歡。

「還不都是我兒子們……」我用手托著腮，深深一嘆。

小墨伸手過來環住我的肩膀，語氣柔軟的詢問。

「怎麼了？夫人前幾天不是才興高采烈的說可以跟兒子們在宮內團圓嗎？」

「本夫人本來也是這麼以為……可是這些孩子不來陪娘、不來一起吃飯就算了，連早晚問安都沒有了，放娘一個人孤孤單單的，叫人去找總是說他們很忙。很忙是有多忙，以前在府內也很忙啊，就從來沒有忙成這樣過，都是藉口啦！」講到後來我氣憤填膺，忍不住嚷嚷。

「夫人說得沒錯。那夫人怎麼不親自去看看他們呢？說不定真的在忙？」

「世上哪有娘去找兒子的道理，好像老太太我很耐不住寂寞，沒有兒子陪不行？我才不去。」我撇開臉，大聲拒絕，這種好像失寵的妃子才做的主動行為，老太太我絕對不做。

「真是可愛。」小墨呵呵一笑，用袖子擦過我的頰。

「年紀一大把了，哪裡可愛？」

「夫人說自己年紀一大把？可您現在走出去，以為您是十六、七歲小姑娘的男人，足以從大榮國王城排到邊關。」

「妳這孩子真是會說話。」我感動的回握她的手，真希望這孩子是我媳婦……

小墨輕笑一聲，撫上我的頰，似乎把人當娃娃摸摸碰碰是她的習慣，老太太我也不去深究，反正她的指腹柔軟，落在臉上有種說不出的舒服，有時讓人都想把眼睛瞇起來喵喵叫。

老太太我盯著她的臉半晌，忽然想到什麼用力一拍掌。

「對了，本夫人想到了。」

「嗯？夫人想到什麼？」

「本夫人想到可以去找兒子的理由了。」

小墨歪一歪頭，手掌順著下來輕捏我的頸肩，這動作癢得我不住呵笑。

「呵呵……這樣好癢，等等等，先聽本夫人說。妳既然不想當我的乾女兒，那就當本夫人真正的女兒好了。我帶妳去見見我這些孩子，培養培養感情，這樣妳就可以當我們楚家的媳婦，妳說好不好？」

小墨眨了眨眼，眼中泛起一絲笑意道：「好，夫人怎麼說都好。」得了一個理由可以去見兒子們，老太太我就特別興高采烈，催著春桃秋菊準備幾道兒子們愛吃的點心帶去。

「楚明，娘帶了個人來見你。咦？」

興沖沖的跑去楚明的別宮，房內沒人。這孩子現在還病著，不好好養病在做什麼？繞了院落一整圈也沒找到人，踹了門邊的一株古樹洩憤，卻讓樹上的積雪落了自己一頭。

「好冰冰冰……」

「夫人！」小墨大驚失色，連忙替我拍掉頭上的雪花，可是臉上卻有隱忍不住的笑紋。

這麼糗的樣子讓未來媳婦看見，老太太我幾分尷尬，只好悻悻然的解釋：「都怪這孩子，沒事不好好養病，讓娘操心了。」

「是，夫人。」

「話說回來，這孩子是去哪裡了？」我抱怨著，往別院門口走去，而迎面過來的人卻讓老太太我笑逐顏開，忙提起裙子奔過去。

「小殷！」

楚殷看見老太太我沒有驚喜，臉上反而出現幾分愕然。

「娘，妳怎麼會來這裡？」

「娘來找你大哥，你大哥人呢？」

「大哥……出去了。」

「去哪？」

「……大哥在王宮裡的書房。」

「楚明他去那裡做什麼？為什麼不好好養病？」

「大哥他有不得不完成的事，我回來是要幫大哥拿件厚外氅。他從一早就在咳，可是說什麼也不休息。」

「自己的身體重要，他怎麼能不休息？」

「這我也不清楚。」楚殷搖搖頭。

還沒來得及與他多說兩句，他就進屋替楚明拿衣裳去了。出來後他便匆忙的道別，略過老太太我逕自走遠。

我盯著他的背影，良久都不說話。

「夫人……？」小墨見我不對勁，輕喊了一聲。

「本夫人要氣死了。」

「嗄？」這聲是春桃跟小墨一起發出來，異口同聲。

「平常老太太我太寵他們了，竟然養成他們不愛惜自己、有秘密也不跟娘說的壞習慣，難道他們不了解不管他們長多大，在娘心中還是跟小孩子沒兩樣，哪有娘不擔心自己孩子的。現在是把娘當外人就對了，什麼都不說。」

沒錯，老太太我生氣了，非常非常生氣，分開就算了，但現在久別重逢，這些孩子竟然把娘當壁花一樣看待，放在一旁晾乾準備當乾燥花嗎？

「我非要好好教訓他們不可！」話落，老太太我立刻跳起來，順著剛剛楚殷的足跡追過去。

「呼呼……」很少運動，果然一跑就氣喘吁吁，老太太我一口氣奔到王宮書房前，侍衛見我跑得急，慌忙把我攔住。

「小姐，這裡不能隨意進入。」

「本夫人是太子請回來的夫子，怎麼不能進去！」

「妳是殿下請回來的夫子？這怎麼可能……」那個能字被一個華麗的巴頭打斷，眼見那侍衛隊長粗粗的胳膊在空中劃出一道漂亮的弧線，成功的讓自己的部下撲倒在雪地中。

「不許無禮，這位夫人是殿下的貴客。」他斥了一聲，慌忙轉向我低頭陪笑。

「他初來乍到不懂規矩，還請夫人原諒。」

「嗯。」我點點頭，這侍衛隊長之前也常常隨侍在蒼狼身邊，打過好幾回照面。

「夫人今天先請回吧！殿下說了他有要事，誰也不許去打擾。」

「蒼狼太子在裡面？」

「是。」

「但本夫人聽說我的兒子也在裡面。」

「這小的就不清楚，只是聽說過太子確實跟誰有要事討論。」

「娘要見兒子，天經地義，你不能攔我。」怪了，我這兒子不是病得很厲害嗎？為什麼蒼狼要選在這種時候跟他商議事情？

「夫人，千萬不可！」

我不管他，逕自往前走，他慌忙吩咐十幾個侍衛擋在我面前。

「讓開！」

「夫人，請不要讓小的為難。」

「不讓開，本夫人就硬闖。」

我提起裙襬擺出起跑的姿勢，正好露出小腿與繡鞋上的銀蝴蝶。銀蝴蝶隨著我的動作振翅欲飛，站在前面的幾個侍衛都看傻了眼。一二三，起跑——

「哎唷！」不想那青石地板滑得很，一跑就滑倒，一骨碌摔了個大跤，屁股火辣辣的疼，還沒去揉，眼中就兩泡淚在滾。

全部的侍衛都慌得不知如何是好，在原地亂成一團。

「啊啊啊！夫人，別哭——」

「嗚嗚嗚嗚——」

「夫人別哭，您摔疼哪裡了？來，我來扶您。」

一群侍衛七手八腳的把老太太我扶起來，我擦著眼淚啜泣。

「地上好滑……」

「沒問題，你們快點趴下，讓夫人當通道經過。」侍衛隊長一聲令下，十幾個侍衛全都躺平在地上，遠看頗像屍橫遍野。

「夫人請走！」

「謝謝。」我含著淚朝侍衛隊長一笑，他臉上立刻浮起紅暈，見我站著不太穩，慌忙來扶我，平平安安把我送到門前，我還朝地上的眾侍衛揮揮手。「謝謝你們。」

果然不管走到哪裡，晚輩們都很有心。感嘆一陣，老太太我正要舉手敲門，卻聽見裡頭傳來一陣輕咳，聽聲音分明是我家楚明。

「關於王宮鬧鬼的傳聞，在下已經有了結論。」

「怎麼說？」

鬧鬼？老太太我連忙運足耳力貼在門板上偷聽。

「這件事，最有可能是國師所為。」

「你怎麼能確定？」

「根據之前殿下所說的宮中情況，國師是最大的既得利益者，他想藉由這件事情鬧得宮中人心惶惶；用恐懼來鞏固自己的地位一向是這種人慣用的伎倆。再來，根據這張女鬼出現的路線圖，可以發現出現的位置固定，主要以國師所居的別宮往外半里為活動範圍。」

「確實，國師跟本太子一直不合。」

「如果現任國君倚重國師，他自然不會希望太子登基，這種巫卜之事，信者恆信，若是不信，那地位是一落千丈。」

「你說的跟我想的不謀而合，只是現在揭破毫無意義，所以本太子才遲遲沒有動作。」

「至於另一件事情……咳咳咳……」

楚明咳了好一會兒，聽得老太太我心都揪起來。

「楚大公子雖然病了，但應該明白計畫不能延遲。」

「在下知道。」

「那麼，你繼續說吧！」

「即便看遍這國家所有地理的書冊，卻還是找不到麒麟脈的相關消息，我猜測最有可能的是藏在王宮附近，所以之前才能從宮裡引出暖水來；可是現在麒麟脈時隱時現，又藏於地下，並不容易發現。」

麒麟脈，那是什麼？

「不管怎麼樣，一定要找到。」

「是……咳咳咳咳……」

後面的那一串長咳，聽得老太太我火氣冒上來，都病成這樣還在談論什麼鬼麒麟脈，那東西又不能吃！我抬腳猛地把門踹開，裡頭對坐的兩人一齊愕然抬頭，楚明的臉色更慘白了；他身上罩著一件厚披風，房內卻不見楚殷的身影。

「娘？」

「瀅瀅？」

「本夫人不准！」我雙手叉腰，快步走到楚明身邊，他訝異的嘴都合不攏。我瞪了他一眼，看向蒼狼。

「太子殿下，我兒子現在病了，不管是什麼鬼麒麟脈，本夫人都不會允許他插手，直到把病養好為止。」

「娘，這件事妳不用管。」

「你以為娘想管啊！」很久沒有發這麼大的脾氣，多年來的修身養性在一瞬間破功。這麼多年來，我第一次吼楚明吼得這般暢快淋漓。

「還不是你這麼不愛惜自己，才害得娘一把年紀傷神勞心。現在就算是天大的事情你都不准參與，要養病才行。」

「可是這件事真的非常重要，瀅瀅。」蒼狼有些慌了，沒預料到我會在外面偷聽。

「很重要？殿下，楚明對你來說或許只是一個陌生人，但對我來說他是我兒子。娘的心很自私，怎樣都要只要自己兒子好。總之我說不行就是不行，不管是天大的事情，娘都替他扛了！」

想當年我還沒嫁楚瑜前，名號就響遍整個花錦城，為了老太太我上吊自殺的文人要是全都死成，早就可以堆成一座亂葬崗；成了楚瑜未婚妻之後，照樣能發動婦女運動，提高大榮國婦女意識，降低整整一年的生育率。

等我嫁了他，就算一夜成了寡婦又怎樣，還不是上得太后寵愛、下把兒子收服，在我掌管楚府的那幾年，大榮國不曉得有多少商賈失意投水。

怎麼，現在老了，就不把我放在眼裡嗎？

蒼狼跟楚明一齊呆呆的看著我，兩張面孔竟然有些相仿。老太太我伸出手一邊一個捏起他們的臉頰，用力到他們齜牙咧嘴，俊臉全變形。

「你，現在雖然是一家之主，但別忘了之前的一家之主是我，娘今天要說話，哪輪得到你插嘴。娘說怎麼說，你就怎麼做！」我嚷嚷完，再轉向蒼狼。

「還有你，還以為你是一個體恤人的晚輩，沒想到全然不是那麼一回事。不過老太太我可以原諒你，因為你從小沒娘，又有那麼凶的牛蒡太后當奶奶自然沒人教導你什麼是愛與體諒，從今天開始你就叫我一聲乾娘，身為你的長輩，我會負責把你教好，讓你當一個明君！本夫人在此宣布，你是我的榮譽兒子七號。」

「哇！狐狸精！太精采了！」

嫩嫩的嗓音在後頭揚起，只見楚殷牽著景天太子站在門口。景天太子握著拳頭比出一個勝利手勢，小墨跟春桃跟在後面目瞪口呆。

「老虎不發威，都被你們當病貓啦！」我放開了手。

蒼狼大概從出生以來第一次被人捏臉，老半天都不能回神。

侍衛聚集在門口，看了看他，又看了看我，全都一臉猶豫。

「榮譽兒子……七號……」

「對！」我彎腰拍拍他的頰。

「請多指教，新兒子。現在把事情給乾娘一五一十的說出來！」然後我忙補上一句。

「先講鬧鬼那件……」

第九章

書房內一下子變得好不熱鬧，從兩個人的秘密集會變成七個人的大聚會。

「好，開始說吧！」

「就是……」

「狐狸精，為什麼聚會的時候沒有茶跟甜點。」

「說得有道理。春桃，把那食盒的點心拿出來給大家吃了。」

一陣杯盤碰撞聲，不一會兒桌上就擺滿了點心。

「好，可以說了……」

「沒茶！沒茶啊狐狸精！本太子快噎死了……」

「春桃速速泡茶。」

「咳咳咳咳……」

「春桃妳別泡了，讓小殷泡，他泡的好喝，妳幫楚明端藥過來。」

「來，娘喝茶。」

「狐狸精！我不要喝這種茶，本太子要上次在妳宮裡喝到的那種香香甜甜的茶。」

「什麼香香甜甜的茶，難不成太子是要喝奶茶？」

「奶茶是什麼？」

「喔喔！原來蒼狼太子也不知道，這是小海從西方帶回來的煮茶方式，本夫人見這宮裡也有那種茶葉就拿來煮了。先把茶葉放到牛奶裡面煮，煮出茶香之後加入糖再過濾，又甜又香又好喝。」

「我還真沒喝過，娘喜歡嗎？那我也學一學。」楚殷道，每次跟這孩子在一起都讓他泡茶，他也不知道楚海教的這一招。

「好吧！大家一起喝，春桃妳去拿我的糖球罐子過來。」

「夫人藏在哪裡？」

「床邊的洞……」

「難怪，還在想為什麼螞蟻直往夫人的床爬過去。」

「有好茶點有好茶，不如奴家替夫人唱首曲子？」小墨說著，清清喉嚨站起來，一曲清平調，穿雲裂石，歌聲清脆。

我正用力的拍著手時，剛好春桃也去而復返，每個人都一臉期待，只有楚明病中，大家喝奶茶，他分到一碗苦藥。

「好了，現在可以開始講了。」

蒼狼喝了奶茶後顯然相當訝異，盯著看了好半晌。

「真好喝。」

「喜歡就好，有什麼問題就快說吧！」

蒼狼看了看我，又瞧了一圈眾人，眼中滿是戒慎，冷不防又挨老太太我一捏。

「看什麼？這裡都是自己人，有話就說出來，自己煩惱有什麼用？大家一起來解決。搞得這麼神神秘秘的，事情都不說，小心爛在肚子裡痛死你。」

「……」蒼狼摀著兩邊被捏腫的臉頰，一臉不可思議。

「小心本太子叫人……」

「叫人什麼？長輩要幫你忙，還在那邊囉囉嗦嗦，以為太子了不起喔！」這句話讓對頭的景天太子敏感的抬起頭，我朝他乾笑，一時忘情說出實話了。

「快說，那女鬼怎麼回事？」說著，我把一塊碧玉酥夾到他盤子上。

蒼狼失笑，終於屈服。

「本太子從以前就跟國師不合，父王非常倚重國師，國師怕失勢，不斷在父王面前挑撥我們父子的感情。因為只要受到國君器重，國師的權力便完全不同。現任的國師是在慕容茹月離開後接掌的，可惜他性善妒而專橫，容不下他人，父王深受他的影響。」

「那你們怎麼會懷疑他跟那女鬼有關？」

「因為妳被太后叫去的那天早上，國師上書說宮中有異相，定是宮中有人滋生事端，便以此為由，把太后請來的無名大師趕出宮。」

「太后奶奶難道不會維護一下自己人嗎？」景天太子很積極參與大人的事情，手裡拿著一塊蜂蜜做成的太后餅。春桃端著茶正要餵他喝。

「太后她雖不像父王那樣信任國師，卻是無條件的支持父王，只消父王一說她就答應，等於國師間接控制了太后。」

「唉～慈母多敗兒，你們看娘在你們身上費了多少苦心。」從來不過度寵溺你們，因為花錢是娘的責任。

「所以蒼狼你就判斷這件事是國師自導自演嗎？」

「沒錯，楚大公子也這麼說。」

眾人的視線一下落到不發一語的楚明身上。他正皺眉喝藥，可能剛剛太燙了。見我們看著他，他也不著急，慢慢的把湯藥喝完。

「娘辨的那份女鬼日報寫得很詳細，照著發現女鬼的點畫了個圓，發現國師的居所就在圓的中心點。我也問了幾個宮女侍衛，確認日報中的訊息沒有錯誤，看來十之八九就是國師搞得鬼了。」

「瞧娘多麼有先見之明。」老太太我得意得很。

「聽說娘一塊碎玉賣一顆金豆子，還謊稱五弟開過光，這件事我們另外算。」

「怎麼你連這個都知道了……咳，那……你們剛剛說到什麼麒麟脈？」

「那是指我國代代相傳、聽說沉睡在北蒼國地底下的王脈。」蒼狼意外的坦白。我見他把碧玉酥吃完了，又替他放了一塊涼糕到盤子裡。

「我國自古有麒麟傳說，聽說麒麟在的時候，天氣雖嚴寒，土地上卻仍可以開花，能於冬日種出春日的植物，百姓安居樂業，宛如華胥之國。很多人都以為那是傳說，後來本太子懷疑那不是傳說，而是真的，但這裡指的麒麟不是真正的麒麟，是一種異相，地底像人一樣有心在跳動產生溫熱，稱為麒麟脈，若引水經過麒麟脈存在的地底，會變成暖水，以此水灌溉土地的話，暖而不凍。」

「聽起來還真像是神話。」

「是很像，但是瀅瀅妳也看見了，這宮裡確實種出了南方的植物。」

春不老——這名詞讓老太太我的心重重跳了一下。

「你既然曾經找到，那為什麼又要找，宮裡不是已經有暖水了嗎？」

「那樣遠遠不夠，為了要讓北蒼國的百姓安居樂業，本太子計畫自東江引水，流過麒麟脈後再築起大壩，讓暖水往國內分流而去，只要能順著麒麟脈的脈絡而去，水的溫度會始終維持一定。」

「不管從哪個角度聽來，都是大工程。」一直不說話的楚殷開口，把一顆金魚燕餃吹涼放到嘴我邊，我張口吃下。

坐在我另一邊的小墨不知為何用憤恨的眼神瞪著楚殷。

「設計大壩是不難，難在無人支持，還有最重要的是找不到麒麟脈的源頭。找不到源頭，就難以循著脈絡往下執行計畫。」楚明道，偏過頭以袖掩嘴咳了兩聲。

「小風最懂這些，讓他來找吧！」

「現任國師善妒，要讓五弟進宮不是容易的事。而且就算找到麒麟脈，只要國君不肯支持，這麼大的工程也沒有辦法完成。」

「五年前，就是因為國師向父王進言，父王於是命令我停止所有的行動。」蒼狼的語氣有些黯然，顯然這件事不成功讓他耿耿於懷。

「這麼大的計畫，我想蒼狼太子總不會是一個人想出來的，當時太子身邊應該還有一位傑出的策士吧？」楚殷忽的追問，眼神跟問話同樣銳利。

「是的，沒錯。」

「那位策士既然能夠替您策劃出這麼了不起的計畫，怎麼會擺不平國君的命令呢？」

蒼狼抿抿唇，看著楚殷，末了別開臉。「因為他死了。」

楚殷的表情一震，手上的茶杯摔碎在地上。

「小殷，怎麼了嗎？」我嚇了一跳，裙襬邊都濺到一點茶漬。這孩子平時絕對不會做出這麼無禮的舉動，他一向是最好面子的，今天是怎麼了？

「娘……我、我沒事。」楚殷揚起笑，接過春桃再遞過來的茶，可是臉上卻若有所思。

「還是回到正題吧！所以我們現在問題有三，一是得到國君首肯，二是找到麒麟脈，三是要禁止國師這般胡作非為。」蒼狼正色道：「第二個還好解決，第一個跟第三個卻苦無方法。」

「本太子有好建議！」景天太子很乖，發言前都舉手。

「景天太子請說。」

「本太子聽說北蒼國有個一年一度的冰雪競技，優勝者可以要求國君一件事，這樣不就可以解決第一個問題了嗎？」

「太子……」我驚呼，滿臉不可思議。

「嗯？」

「你怎麼這麼聰明！」

「不客氣，大概是從狐狸精妳說太子沒什麼了不起的時候開始。」

「小小年紀就這麼會記恨，果然是鳳仙太后的血脈……」

「這句話我回去會告訴太后奶奶。」

「嗚嗚嗚……老太太我錯了……」

「太子殿下覺得如何？」楚明聽罷，轉向蒼狼問道。

「是可行，但冰雪競技比的不是武技，而是滑雪競賽。北蒼國內滑雪好手輩出，要贏過他們並非易事，就算是我手下的滑雪好手，也沒有十足的把握。」

「還有我兒子們啊！我兒子們的武功都不弱喔！」我喜孜孜一指，呃……楚明先刪除，還有楚殷楚翊跟在遠方的楚軍啊！

「不行，這不是比武競技。滑雪這件事，他們絕對及不上土生土長的北蒼國人民，我們習慣這裡的氣候和地形，且長年鍛鍊下來的滑雪能力也絕非你們一朝一夕能夠超越的。」蒼狼想也不想就拒絕我。

「就算比武可以贏過他們，但是滑雪能力是最基本的要求，距離比賽只剩三個月，再怎麼樣也趕不上的。」

「比賽這種東西不是只問結果不問過程的嗎？」我歪著頭追問，同時看向楚殷。

他心領神會，一下微笑起來。

有些事情就只有小殷這種雙面性格的孩子才能聽懂。

「瀅瀅，妳這話是什麼意思？」

「我從來沒說過要正大光明的獲勝。」

比賽這種東西只要勝了就是贏家，說什麼運動家精神都是騙人的，贏了的人在歷史上記上一筆，過了百來年，誰還記得你贏得光不光榮？只知道你贏了。

史書上有多少君王不都是這樣得到王位的？

眾人面面相覷，不明所以。楚明咳了兩聲，嘴角含笑。景天太子吃得滿嘴都是餅渣。我跟楚殷互看，露出心領神會的微笑。

＊　＊　＊

北蒼國的滑雪競技規矩——

一、以隊伍參賽，四人為一隊，人數不滿者自動淘汰。

二、先行抵達終點的隊伍為優勝，但中途允許以不設限的方式淘汰對手。

三、為維持公正性，比賽地點為機密，於當天公布於王宮前。

「沒想到這北蒼國的滑雪好手還真不少。」我皺眉打開蒼狼送來的參賽名單，卷尾一下掉到地上，長度比老太太我的身高還長。

「這些全都是這次打算參加角逐且有機會奪冠的隊伍？」楚殷正在臨摹一份字帖，也放下筆過來站在老太太我身後看。

「你看，比娘還長。」

「讓我拿吧！娘。」楚殷從我背後伸手接過，又往上拉了幾吋還是沒拉完，上頭一堆密密麻麻的名字看得我眼花撩亂。

「果然是好手輩出，想贏並不是這麼容易。」

「距離比賽只有一個半月，人數卻比想像中多很多，真是麻煩。」

「那麼只能集中目標，以最有機會得冠的前幾支隊伍列為第一優先。」

「你二哥怎麼還沒到，蒼狼太子應該已經派人去請了。」

「娘。」

說人人到，正談著楚軍，楚軍就走了進來。

「小軍！」久沒看到這兒子，老太太我大喜過望奔過去。

楚軍低頭朝我微笑，身上還有些雪花，顯然風塵僕僕一路快馬趕來。

「你終於來了小軍，娘可等得急死了。」我一邊說著，一邊給楚殷丟了一個眼色。楚殷心領神會，把那份名單默默收起來。

我拉著楚軍到椅子上坐下，立刻把前因後果講了一次。他背脊挺得筆直，聽得很認真。

「楚大將軍一路上辛苦了。」楚軍前腳剛到，椅子都還沒坐熱，收到消息的蒼狼也跟著來了。

楚軍起身行禮。

「太子殿下。」

我看了看楚軍，覺得他喊那句話的語氣平得讓人以為他要去奔喪。

「不用多禮，請坐。楚夫人已經把事情都說了嗎？」

「說到一半，我還沒說完。」

蒼狼點點頭，示意我繼續說。

「這個比賽是四人一組，娘已經想好了，就讓你、小殷、小翊一起去。因為你們大哥病了，娘就代替他跟你們一起去參加……」

「等等！」現場異口同聲，把老太太我嚇了一跳，發現不只楚殷楚軍，連蒼狼都拍桌站起來。

「娘，我剛剛好像聽到什麼妳……跟我們……一起參加？」楚殷扶著額，一臉錯愕。

「對啊！不是要四個人嗎？你們大哥臥病在床，總不好把他拉去參賽。別看娘這樣，娘也是學過武的。」說著，我就示範了一下那套貓裡貓氣的拳法，可惜打到第三招我就忘了後面怎麼打，只好尷尬的停下來，環視眾人。

現場一片沉默。

「還有別的人選嗎？」楚軍轉向蒼狼與楚殷問道，看也不看老太太我一眼。

「本太子手下有幾名滑雪能手，要補上第四人不是難事。」

「這樣好。」

老太太我一聽苗頭不對，又叫又跳。「你們說什麼？那會比娘好嗎？娘也能學會滑雪的，以前娘得過花式滑跤大賽冠軍，評審都說娘跌得很華麗。」

「娘那會兒八成是跌在地上哭哭啼啼，評審就全把票投給妳了吧！」楚殷瞥我一眼道出實情。

驀的被人一語說破，老太太我不住的心虛。

「不管——不管啦！總之娘要參加！」

三個男人轉過來頭，異口同聲。

「不——行——」

什麼啊！我這個當娘的算什麼，現在說話都沒人聽了嗎？我氣呼呼的站到椅子上，想想不對，又爬到桌子上去。

「娘，妳爬那麼高做什麼？」楚軍立刻緊張的站身起來，伸手想把我抱下來。

我雙手叉腰用鼻孔睥睨這個兒子，拒絕他抱。

「娘——要——參——加——！」

「不行。」

「為什麼？」

「冰天雪地，又是競賽，娘去危險。」

「你大哥是一家之主，他現在病了，當然是娘要代替他出賽，這樣別人才能知道我們楚家的名號。一定要華麗熱鬧的出場，才能讓人知道我們楚家的風格，沒沒無名只適合市井小民。」

「瀅瀅，妳不是才說妳要低調……」

「剛好那個字彙我會說不會寫也不懂什麼意思。」我橫蒼狼一眼，真是不巧。

「要是娘學會低調這兩個字怎麼寫，恐怕太陽都打西邊出來了。」楚殷雙手環胸，搖頭嘆息。

「總之，我是怎麼樣也不會讓娘去的。」

楚軍這孩子，腦子比武嚴山上的花崗石還要硬，說不要就是不要，氣得老太太我嘴都癟起來。

「夫人，殿下，楚殷公子。」正好小墨來了，在門口就款款行禮，抬頭看見這景象愣了一下。「夫人，爬到桌上好玩嗎？您怎麼爬到桌上了？」

「都是我這個不孝的兒子，他不答應讓本夫人去參加滑雪競技。」我氣鼓鼓一指。

剛剛我背對著門口，楚軍被我擋住，這一指，小墨才發現楚軍。

「妳好。」楚軍冷淡有禮的打招呼，來抱我的手還伸在半空中，我氣呼呼的打掉。

「楚……軍……公子……」小墨結結巴巴的說著，臉蛋倏的漲紅，好像剛清蒸好的秋蟹，她的視線不看楚軍的臉，只在楚軍身上梭巡。

「我……啊！」她話還沒說完，兩管血紅就從掩鼻的手下流出，她更是慌忙，結結巴巴道：「我……真、真的很抱歉……」說罷，以袖掩面飛奔而去。

這情景看得老太太我是……心花朵朵開，開到天邊去了。

「瞧瞧這情景！小墨這孩子肯定是對你有意思了。楚軍，你對小墨姑娘怎麼看？」老太太我難得可以找到一個自己喜歡，又喜歡我家兒子的媳婦人選，心中喜孜孜。

怎麼能忘了現在最重要的人生志願就是把我的兒子們推銷出去啊！

「沒有想法。」

「什麼叫做沒有想法？小墨人漂亮，又會唱歌，雖然是歌女出身，可是行為舉止都很有禮貌，像個大家閨秀。」這樣優秀的條件，楚軍還挑剔什麼？

「娘，現在應該不是糾結二哥的婚事吧？我們還有更重要的事情要處理吧？要談婚事，回大榮國再好好談。」

楚殷突然粲然一笑，轉頭朝楚軍道：「我看那女孩也挺適合二哥的，不是嗎？」

「四弟！」

「對對對！小殷你也這麼覺得嗎？」

「當然，這種婚姻大事娘作主是應該的，我是舉雙手贊成那姑娘當我的二嫂。」

沒想到可以得到小殷的支持，老太太我感動不已，這些兒子中終於有一個成親有望，我也不再計較滑雪競技了，乖乖讓楚軍把我抱下桌子。

他沉著一張臉，好像想衝去砍人幾刀。

「鬧夠了吧？」

聽起來這句話是對老太太我說，可是楚軍卻看著楚殷。

楚殷聳聳肩，報以一笑。

「那麼從今天開始，本太子就派高手來教導各位，務必讓各位在大賽前學會滑雪並且熟悉比賽的地形。」從剛剛就一直作壁上觀的蒼狼終於開口，把話題拉回正軌。

我攀著楚軍的脖子探出頭，滿心疑惑。

「可是剛剛上面寫說比賽地點是機密？」

蒼狼不語，拿起那塊太子身分證明的麒麟白玉把玩。

我跟楚殷心領神會的一齊點頭，只有楚軍一臉莫名其妙。我跟楚殷這孩子心照不宣，要是讓楚軍知道我們的打算，他肯定反對到底。這孩子太過正直，滿心的正義。

運動家精神什麼的，就先放到一邊吧，等我們贏了再來考慮。

「就麻煩各位了。」

「太子所言太早，我們能不能完成這件事，還要太子幫忙。」楚軍淡淡的回應，把老太太我抱在膝上落坐。

「不知道楚將軍說的是什麼事？」

「太子應該不會忘記我們都服下了軟筋散吧？」

好像之前有聽莫名說配了幾副藥，沒想到還真用在我兒子們身上。

「那是不得已的，本太子怕各位公子在國內亂闖惹來麻煩，既然現在彼此互相了解，本太子自然會送來解藥，幾位不用擔心。」蒼狼的語尾上揚，一口應允。

＊＊＊

比賽要贏有兩種方式，一種是賽前準備，一種是比賽中的努力。賽前準備又分兩種，一種是自身的，一種是對別人的。在楚軍忙著苦練滑雪技巧的時候，我跟楚殷拉著楚翊開會密談。

「就是要把這張單子上的人都解決掉嗎？」楚翊笑咪咪，指著那張長到掉在地上的名單。

「娘告訴你多少次，做人要留點餘地……」

「是，娘，那是要把這張單子上的人都打成殘廢嗎？」楚翊笑得很甜，把指節折得喀喀作響。

「時間近了，沒辦法，只能用這個方法，我們挑最棘手的先解決。我已經列出了六十隊最有冠軍相的隊伍，前二十隊必須下手稍重一點，讓他們三個月不能起床就好；次二十隊下手輕點，肋骨斷個兩根就能結案；末二十隊只要套上布袋亂打一頓附帶嚴厲警告應該就能收到成效。」楚殷細細解說。

我一臉欣慰，這兩個黑心的孩子湊在一起，大概是打遍天下無敵手。

「不過仔細看一下，上面好像有不少女的？」楚翊細看，皺起眉頭。

「這件事我有聽說，北蒼國不分男女，只問實力。女子體態輕盈善於滑雪，許多年的冠軍隊伍組合都是三男一女，以女子為首專心滑雪，剩下的人專司應付其他隊伍的攻擊。」

「既然這樣，小殷，你為什麼不讓娘去？娘也可以專心滑雪！」活到老學到老，現在學也不遲啊！

「娘，您那套貓拳就別拿出來獻醜了，人還是保留點好……」

「不過四哥，這名單上的人數眾多，恐怕會來不及。大哥病中，二哥肯定不會同意做這種事，那現在要怎麼辦？」

「這你別擔心，我已經找好助手了，出來吧！」

「助手？娘怎麼不知道？」

簾子一掀，款款走出來的人是——春桃、秋菊？

「夫人，兩位公子好。」

「是二哥跟三哥親自揀選的人，我想無可挑剔。」

「不行啊小殷，你怎麼能讓春桃秋菊她們去做這麼危險的事，她們又不會武。」我說什麼也不允許，展開雙手護在這兩個孩子前面，就算沒有別的人可用，也不該選老太太我身邊這些可愛的侍女啊！

春桃一扯我的袖口，我轉過去正好對上她淚眼汪汪。

「夫人，您不用擔心，我跟秋菊雖然不會武，可是我們一定會很努力很努力的『說服』對方。我相信這世上，言語比暴力更能打動人心。」

「妳這傻孩子，世上壞人很多，雖然言語比暴力更能打動人心，可是壞人之所以會用暴力就是因為他聽不懂人話。」

「那我跟秋菊就會以非人話的方式跟他溝通，夫人您相信我們吧！」

春桃淚中帶笑，讓老太太我的心都融化了。

「妳這孩子笑起來多甜，就算是冰雪心腸也會被融化。好吧！但是如果受了什麼委屈，肯定要回來告訴本夫人，夫人會替妳們主持公道。」打不了人也要誣陷他個調戲良家婦女什麼的。

春桃跟秋菊交換了一個眼神，一人一邊抓著我的手殷殷切切的道：「是，夫人，我們一定會努力勸說的！」

第十章

比賽前一個半月，大概是北蒼國有史以來犯罪率最高的時候，就算在王城內也能聽見那些宮女嚼舌根談八卦。

聽說出現一個玉面飛俠，專門打長得好看的參賽者，參賽者四肢完好，但臉上大多被打得慘不忍睹，躲在家裡羞於見人，還派人四下搜尋傳說中還我漂漂拳的秘笈。

另一個是蒙面毒螳螂，出手狠辣，被他打過的人都骨折處處，包得跟殭屍一樣只能躺在床上哼哼。

這兩位都不算，還有一對女魔頭雙煞，總是在夜裡連袂出現，一人一拳擊碎被害者家中的牆壁，一人使劍把被害人的衣服削個精光，雖不傷人，但聽說被害者都受到太大的精神創傷而一病不起。

我問過幾回這女魔頭雙煞是誰，春桃秋菊都搖頭說不認識。她們兩個還是很認真的四處奔走勸說，不過從來不跟老太太我解釋怎麼勸說的，只是每次回來都喜孜孜的又劃掉一個名單上的名字。

隨著劃掉的名字越多，毆打人的事件也跟著越多，犯罪率上升了四成五，老太太我有些不忍心，但想到成大事者不拘小節，只好裝作不知道。

其他參賽者也聽聞風聲，紛紛自願退賽。一成因傷跟精神錯亂退賽，兩成因害怕退賽，到了比賽前夕，我們剔除掉三成的參賽者，從七成內挑揀出較為優秀的隊伍拿錢買通，沒想到這招有奇效，可能他們生活困苦，又退了兩成。

果然金錢是我們最好的朋友。

在我的四兒子跟小兒子正忙著的時候，老太太我當然也不得閒。

「唔……真不好削……」我坐在床邊削一枚甜瓜，可惜老太太我不大會用刀，圓滾滾的瓜被我削得坑坑洞洞的。

楚明被老太太我勒令這陣子不准工作好好養病，為了就近照顧，我讓楚明睡在我的宮內。怕他無聊，我還準備了一大堆的小說話本讓他看，足夠讓他看到眼睛長繭；可惜楚明對絲竹樂曲無感，我也就沒叫小墨過來了。

不過話說回來，這把刀還真鈍，怎麼削都削不好。

「好險，差點被削到……」差點就失去一塊老皮，險象環生啊！

「娘……我削好嗎？」楚明的頭髮綁成一束散在身後，從麻花辮事件以後，他就再也不願意讓老太太我綁髮了。他身上只披著一件鬆鬆的袍子，好看得緊，放下書皺眉瞪著我削甜瓜的動作。

「你想吃了嗎？再等一等，娘很快就削好了。哎呀……不小心削掉太大片……」好多果肉都削掉了，老太太我看著盤子，幾分心痛。

「娘，我不希望我病好了以後還要多一個傷兵。我來吧！」楚明把刀子跟甜瓜都接過去，像在削蘿蔔皮那樣漂亮的把果皮片下來而不斷。

老太太我嘖嘖稱奇。我這兒子在廚藝的天分不遜於他從政的本事。

「你是從哪裡學來削甜瓜的手藝，改天告訴娘，娘也想去拜師學一下。」

楚明不吭聲，把那粒甜瓜細細削好。

趁他削瓜的當兒，老太太我忍不住仔細端詳這孩子。

不同於其他兒子各有各的風情；即便楚軍是當中最沒風情的一個，可那健美的身材總是吸引許多閨女流口水。但談到我這大兒子，要好看不是最好看，要身材最好也不是最好，跟其他兒子比起來就似乎遜色了一點，他走的路太過中規中矩，雖讓人讚揚，可是比起各有一片天的弟弟們，又覺得不太起眼。

「怎麼？娘，一直盯著我瞧？」

楚明把甜瓜削好，切成一口大小遞到我嘴邊，我想也不想就張口吃下，吃了才想到這甜瓜本來是要給楚明吃的，不過……唔，這瓜真是好吃……

好不容易把甜瓜嚥下，這才能開口說話。

「沒什麼，只是娘突然覺得，你爹當年給你起這個名，真是再適合不過。」

翻開字典，明者，通曉而聰慧，高風亮節才德顯著；而明字，又是日月合其中，楚明是楚府內的日，照耀我們每一個人，卻又是朝政上的月，讓一國的國政穩定。

不知道楚瑜當初究竟是怎麼取名字的，竟然把一個幾乎是形容聖人的名取給自己的大兒子。

「娘無法想像若楚家沒了你該怎麼辦？」我嘆著。一直以來他都扮演著平衡這個家的角色，就連老太太我都不知不覺中依賴這個孩子。

楚明微微一笑，把另一塊甜瓜遞到我嘴邊。我趴著手疼，順勢坐到他身邊去，張口又吃下一塊。

「那樣很好。」

北蒼國特有的這種甜瓜，外觀是淡紫色，裡頭的果肉是乳白色，咬下去滿口甜美的汁液，比起南方的荔枝有過之而無不及。

我跟蒼狼略略提了幾次好吃，從此以後這種甜瓜便成為我宮中常駐的水果。

「娘，最近情況怎麼樣？」

「很順利，名單上的人在減少，楚軍的滑雪技巧也日益精進，來教他的老師都嘖嘖稱奇，說他是百年難得一見的人才。」

「這對二弟來說是當然的。」楚明輕笑一聲。

「最近有沒有什麼想看的書？」我瞥了一眼，茶几上的小說原封不動。

「我需要的書會請宮女到書房替我拿來，娘不用擔心。」

「這些小說不曉得有多好看，娘特地為你挑了一大堆，你卻沒興趣。」

「等我有空就會看的。」

「等等等等，這世界上最不能做的事情就是等待。」我叨唸了他兩句，順手把他床邊那疊書拿來看。

「北蒼國的地形走勢、水流圖？各地地名誌？楚明，你看這些要做什麼？」其中還夾雜著北蒼國各個年代的地圖，年代久遠，好些卷軸都發黃。

「要找到麒麟脈的源頭，就要了解這個國家的地理。既然有楚軍他們處理其他的事情，那我這個做大哥的總要專心把麒麟脈找出來。」

「那找到什麼了嗎？」

「還沒有。」楚明搖搖頭，似乎對於這個結果自己也有些扼腕。

「娘陪你一起找吧！」反正閒閒沒事，今天景天太子也被北蒼國太后請走了，楚明是病人，讓他太勞累也不好，邊想我就邊興沖沖打開另一份地圖卷軸。

「呃……不是地圖？」攤開來是一幅女子畫像，倚欄而立，脣不點而朱，面似芙蓉，目若晨星。

「娘，怎麼了？」楚明也發現我的異狀。

我把畫像轉給他看。

「不知道這是哪位公主，長得真漂亮。」我一邊說著一邊找著上面的落款，看有沒有寫上這位公主的名字？

「有了有了……於垣天二十七年，蒼姒公主。咦咦？楚明，就是她，聽說那個女鬼就是她。話說回來，那個女鬼扮得還真不像，明明本人這麼漂亮……楚明？」楚明竟然呆住了，他直瞪著落款那一區，視線又移回畫上。

「長為姒……」

「楚明，你說什麼？」我沒聽清楚，嚷著又要他再說一次。

可是楚明沒回答我，逕自出神的瞧著那幅畫，像要把那幅畫烙在心裡，臉上有著掩不住的驚訝。

「這幅畫有什麼不對勁嗎？難道你看見畫在動？」如果是這樣，得速速拿去燒了，避免這妖物危害人間。

楚明驀的眼眶一紅，以袖掩面。「沒事，娘。可能……可能是看太久的書，總覺得眼睛不大舒服，讓我先睡下好嗎？」

「不舒服，哪裡不舒服？要不要娘叫莫名來？」

「沒事，我只是……只是累了，睡一下就好。」

「好，那你快休息。」我捲起那張畫打算帶走。不小心把王族的畫帶出來，還是趕緊還回去好。

我正要起身，卻被楚明拉住袖子。

「那畫……娘……妳先別拿走，我還想再多看一下。」

楚明不愛絲竹，也不會特別欣賞書畫詩詞，今天竟然主動要求要看畫，倒讓老太太我奇了，難道他是看上這位漂亮公主不成？

「拜託妳了，娘。」楚明語氣低柔下來，半強迫的從我手中拿走那幅畫。

我弄不懂是什麼原因，只好乖乖將畫留下，走到門口又回過頭，看見楚明正攤開那幅畫盯著瞧。他不會真的愛上畫中人了吧？有齣戲就是這樣演的，那女鬼最後死而復生；但那僅止於戲臺上，若發生在現實中，怕是悲劇一場。

老太太我唏噓兩聲，吩咐人為我披上披風，打算去看看楚軍滑雪練得如何，才走到門口，楚明那句話卻莫名的浮現在我腦海裡。

「長為姒……好耳熟，是在哪裡聽過？對了，兩女同出，長為姒，幼為娣，蒼娣，這名字總覺得好熟……在哪裡看過……」驀的，我僵住了。

楚家族譜上有記載，楚瑜的第一任妻子，名為蒼娣。

「蒼姒……蒼娣……」

娣這個名字並不常見，有女子會取姒為名，可是若一家只有一個女兒，絕不取娣為名，因為娣通常是一家有雙生女時取的，先出者為姐姐，名姒，後出者為妹妹，名娣。

想到這裡，我臉色刷的發白了。

北蒼國王女失蹤的時間，是在什麼時候？

＊　＊　＊

我再次不顧侍衛的阻攔踢開太子書房的大門，蒼狼站在桌前背對著我。因為剛剛跑得太急，束好的髮都亂了，胡亂的散在肩上，我還沒緩過氣，就急著追問起來。

「那位公主……就是你之前說的那位蒼姒公主，她是在什麼時候病逝的？」

說不定那根本就是謠言，其實蒼姒公主她……

站在桌前的蒼狼頓了一下。

「妳是誰？」

老太太我霎時往後退一步，總以為小風說話已經夠讓人感覺冷颼颼的，但這個人說話的口氣才是真正冷，彷彿從谷底吹上來的刺骨寒風，心裡有著不見底的黑暗。

「本王應該說過，在這個宮中，誰也不許提起那個名字。」

轉過來的人不是蒼狼，雖然穿著相仿的服飾，可年紀大上許多，肌膚雪白鼻子挺拔，看人時讓人覺得喘不過氣來。

「妳是誰，本王從沒看過妳。」

「噢哦……」老太太我叫了一聲。

這會兒無往不利的狐狸精踢到鐵板了，現在喊兒子們救駕來得及嗎？

「大王！」追著我進來的侍衛見到書房內的人，慌忙跪下，因為太緊張還向前滾了一個前滾翻。

「這個女人是誰？」

「這位……這位是太子請來的客人。」

「蒼狼的客人？」

整個北蒼國內，能夠直呼蒼狼的名諱而不加上尊稱，大概只有兩個人，一是王太后，另一位就是站在老太太我面前的北蒼國國君是也。

「那你告訴他，這女人犯了本王的禁忌，拉下去絞死。」

「大、大王……」

「沒聽見嗎？本王叫你們把她拉下去。」

侍衛無奈，只好上來拉我。

老太太我一急，甩袖退後一步，下意識的就喊起來。「楚明，楚軍！快來救娘！」

「慢著。」

幾乎我話音剛落，那群侍衛就被喝住了。

「楚明？楚軍？」北蒼國國君臉色都變了，眼眸眯起又睜開，一把上來踀住老太太我的手腕，我掙扎未果，整個人就被拉到他面前。

「大榮國的丞相，還有大榮國將軍？妳喊他們什麼？」

「沒有，我剛剛什麼都沒說。」手腕痛極了，老太太我的淚花在眼眶內亂轉，可是這北蒼國國君絲毫沒被打動。

「妳說『快來救娘』？」

「沒有，本夫人什麼都沒說。」

「哼。」他冷笑一聲，又把老太太我拽得更近，幾乎是臉貼臉看著我的眼眸，老太太我嚇得一動也不動。

誰說惡人無膽的，老太太我這麼善良的大好人也無膽啊……

「大陸上都傳說大榮楚家的夫人豔冠群芳，天下無雙，宛如狐狸精再世。本王還以為不過謠言，沒想到今天竟然在自己宮內親手抓到一隻小狐狸。」

「我是老狐狸了……」小這個字只有小姑娘可以擔得起。

他恍若未聞，冷冷的道：「就是妳，妳就是楚瑜的遺孀。」

「楚瑜……」一聽到楚瑜的名字，老太太我不禁一愣。

「聽說他活著的時候很疼妳。」

他一邊說，一邊收緊手上的力量，老太太我只覺得痛，這些年來養尊處優，連塊破皮都沒有，忍痛能力大概是一般人的五分之一。

「真好，本王沒去找妳，妳倒自己送上門來，就算本王現在就殺了妳，大榮國也不敢有異議。他既然奪走本王最重要的東西，本王也要讓你們楚家嚐一嚐這個痛苦。」

幾乎是下一瞬間頸子就被人勒住，老太太我喘了幾下，氣卻只出不進，腳尖蹬不到地，臉上一陣發熱。

「不要……不……要……」

楚瑜……若這樣就去見你也太醜了，脖子被掐得跟稻草一樣細，頭髮亂七八糟，身上還沾著好多泥雪，你要是看到這樣的我，一定又會說我跟以前一樣不會照顧自己，可是我……其實我……平時是很好看的……

頭好暈，眼前越來越模糊，我彷彿聽見門口好像有些吵嚷的聲響。

「太子！太子殿下！」

「誰都不准攔本太子。」

「可是大王……」

「父王！」蒼狼的聲音突然出現。

「父王，請您住手！」

「蒼狼，你給我讓開。」

「我知道您為什麼討厭她，但是請您住手。」

「本王應該說過，任何跟那個男人有關的人，都是本王要除掉的對象。尤其是她。」

老太太我是做了什麼事情讓北蒼國國君這麼恨我？難道以前不小心燒了他的情書沒回嗎……

「父王，請您住手，她什麼都不知道！」

蒼狼衝上前來，一把打掉北蒼國國君的手，下一瞬老太太我的腰就被他攬進懷中，嗆咳著死命呼吸。

「怎麼?你也被這個女人迷住了?」
「不是,我沒有。」
「那把她交給本王,本王要親手殺了她。」
「不行,父王。」
「你別以為自己是太子就有恃無恐,本王隨時可以收回你的身分。現在把她交給我。」
「您殺了她並不是對大榮楚家真正的報復。」
蒼狼說的這句話在我耳裡聽得清清楚楚。報復?什麼意思?
「什麼意思?」
顯然北蒼國國君也聽不明白。
「上至大榮國王室,下至整個楚府眾人都對她疼愛呵護,殺了她,只是一時傷心,並不是一輩子的折磨,更何況那個男人死了,您又殺了她,剛好讓他們夫妻倆在地下相聚,豈不成全了他們?」

北蒼國國君似乎被說服，臉色稍稍緩下。

「是你把人帶來的？」

「對，父王，我是故意把這個女人騙來北蒼國的。您應該很想見一見姑姑的孩子對吧？只要她在這裡，那個孩子就一定會來。」

孩子？蒼狼說的是誰？

「你說什麼？」

「而且把她留在這裡，可以用來威脅楚府。楚府富可敵國，商業版圖遍及大陸，楚府公子們又個個孝順，把他們的娘握在掌心，他們一定會言聽計從。」

「娘？這個女人哪裡像娘？反而像被養在府中的小情人。」北蒼國國君嗤笑一聲。

老太太我聽得火大，鑽出蒼狼的懷抱就要罵回去，可是才鑽出頭，就被蒼狼按了回去。

「本來想等這件事有眉目再告訴父王，沒想到先被父王發現。沒能提前告知是兒臣的錯。」

「你以為你能瞞得過本王嗎？」

「不敢，父王統領一國，自然北蒼國內的事情無一不知。」

「明白就好，不過你竟然敢瞞著本王去做這件事，膽子越來越大了。」

「蒼狼不敢，本來只是想讓父王開心。」

「你怎麼把這個女人騙來這裡的？」

「兒臣只是跟她說我有楚瑜大人的消息，她就信以為真，孤身前來了。」

「哼，沒想到那個男人會娶一個這麼蠢的女人。好，既然你這麼說，那本王就暫且饒她不死，先交由你看管，待本王好好思考如何發落她。」

「是，多謝父王。」

蒼狼按著我，垂首恭送北蒼國國君。

關上門後，室內又恢復一片寂靜。

蒼狼這才抬起頭來，深深吐出一口氣看向老太太我，見我臉上的表情不悅，嘴角逸出一絲苦笑。

「我會解釋的。」

第十一章

「……我曾經見過妳，在我假扮成楚瑜大人之前。」

蒼狼倒了杯熱茶給我壓驚，但老太太我嫌這樣不夠，他又吩咐侍衛送來一桌子點心，老太太我受的驚嚇才稍稍舒緩。

「你見過本夫人？什麼時候？我怎麼不記得？」

「那時妳只有十三歲。」蒼狼淡淡一笑。「而且本太子未曾現身，妳當然不曾看過我。」

「十三歲？我不記得自己十三歲時有來過北蒼國。」

「妳沒有來，是我去了。」

「去哪？」

「……大縈國。」

「你以前去過大縈國？你去做什麼？」

「中秋前十日是姑姑的忌日，我去祭拜姑姑。」

老太太我手一抖，把一塊正要送進嘴裡的綠豆餅落在地上。

「所以……那位公主……」

「我想妳大概也猜到了，其實蒼姒姑姑不是病死，而是自願脫離王族離開北蒼國。她愛上了一個男人，為他遠走他鄉，可惜她命薄，生下孩子一個月後就病逝了。」

「那……那個孩子……」

「就是楚明。」

「但我還是不懂，為什麼北蒼國國君這麼討厭楚瑜？」以楚瑜的為人，實在無法想像會如此招人怨恨。

「因為楚瑜大人搶了父王這一輩子最心愛的東西。」蒼狼幽幽一嘆，面色變得無比嚴肅。

「父王非常愛蒼姒姑姑，非常愛，也許已經不能用姐弟之情來解釋，他不願意見到蒼姒姑姑嫁人，不願意她離開王宮，更不願意她離開他的身邊。父王是個內斂的人，可姑姑卻完全不同，她積極進取，總是照耀著身邊的人，也許就是這樣才把父王深深吸引住。」

「這……這不是亂倫嗎？」

「宮裡眾人一直以為他們只是感情好，未曾在意，直到蒼姒姑姑忽然說她要脫離王族離開北蒼國，父王頓時發狂，把眾人都嚇壞了，大家都沒想到溫文儒雅的父王竟然有那樣暴戾的一面。然而不管父王怎麼懇求，卻也無法挽回蒼姒姑姑。蒼姒姑姑離開北蒼國後，父王性情大變，登上王位後更是拚命鞏固大權，害怕再有什麼東西被奪走。」

蒼狼啜了口茶，把這段往事補述完。

「至於在大榮國的一切就如妳所知，蒼姒姑姑改名蒼娣，嫁入楚家，成為楚瑜的第一任夫人。」

「原來這回不是我惹的禍，是楚瑜的風流帳……」我癟癟嘴，以往都是師妹找上門來找我叫囂，還以為楚瑜絕對沒有這種煩惱，沒想到他不但有，還一惹就惹到別國的國君，連別國出逃的王女都娶回家。

這樣一比，要是老太太我真的是隻狐狸精，好像也沒什麼好大驚小怪了。

「父王很少來到我的院落，我也從來沒跟妳提過，沒想到今天會被撞見……」

蒼狼的道歉我沒聽進去，只忙著思索另一件事情。

「剛剛國君說想要見楚明，他為什麼要見他？」

「父王雖然很氣蒼姒姑姑，但還是很愛她，如果真的讓他見到楚大公子，大概不會放他回國。」

「什麼？」

「因為在北蒼國不分男女都有繼承權，蒼姒姑姑當時雖然說要脫離王族，可是父王登基之後又把蒼姒姑姑重新謄進我們族譜，那麼蒼姒姑姑的孩子跟我一樣具有王位繼承權，即使他不當太子，也能以北蒼國王子的身分生活。」

身為大國的王子，跟大榮國的丞相，這兩個選項根本沒得挑，一個是人上人，一個是屈居人臣。可是這其中似乎有什麼地方不對勁，我別過頭盯著蒼狼。

「怎麼了？」

「本夫人應該說過，請你不要做傷害那些孩子們的事情對吧？」

「這是當然，他是蒼姒姑姑的孩子，我怎麼會傷害他。」

「說謊！從一開始，你真正的目標就是楚明對吧？」

蒼狼面色凜起，不發一語看著我。

「你為這個國家著想，是因為這個國家以後會屬於你，是你的責任，但今天如果你的父王另立太子，那你今天所做的一切都只是為別人作嫁，試問有誰會做這種傻事？你明明知道北蒼國國君會把楚明留下來，卻把他帶來這裡，可又不在北蒼國國君面前承認他在這，說穿了你只是想要利用楚明找出麒麟脈吧？等到他沒有利用價值，再對這孩子下手。」說到最後，老太太我的語氣都因為憤怒而提高。

「也許我以前真的是這麼打算，但我現在已經不那麼想了。」

「要是你欺負我兒子，我這個做娘的就跟你拚了……啊？」

「如果今天不是妳，我大概早就動手殺了他，但是今天有妳在，我無須害怕。」

「什麼意思？」

「他已經對我沒有害處，妳早就把他馴服了；不只是他，那六個男人都被妳馴服，只有妳自己不知道。」

「請講白話一點。」

「很簡單，他不會接受北蒼國的王位，只要妳還在，他斷然不會離開大榮國，比起這個王位，在妳身邊的他會更幸福。」

這番話說得老太太我心情大好。

「本夫人懂，你是在說我們母子感情好。」

「而且本太子不是知恩不報的人，妳在大榮國不曾拆穿我，對我有恩，本太子當然會兌現承諾，讓你們全身而退。剛剛我一聽見妳跟父王見面的消息，就已經打發手下把各位公子送回別院去了，在宮裡不安全。」

「可是我跟兒子見面還沒多久……」

「楚殷楚翊留下了，反正父王也不認識他們。」

「蒼狼你真是一個貼心的好孩子。」

「妳別開心得太早，接下來才是麻煩的地方，我不知道父王會怎麼做，妳一定格外要小心。」

「他都答應不會傷害我、當然也不會絞死我，我還怕什麼呢?難道怕被人搶去當壓寨夫人嗎?」老太太我樂呵呵一笑，不以為意。

只是到了隔天，老太太我就笑不出來了。

「恭喜夫人，北蒼國國君下旨封妳為妃。」

一堆不認識的宮女齊齊向我跪下，異口同聲大合唱。

要是平時老太太我會笑著打賞讚美唱得不錯，可是這會兒連笑都笑不出來。

這是哪招？為什麼要娶一個有六個兒子的老太太？

沒給人拒絕的機會，那些宮女就簇擁著我去打扮。春桃似乎想要搶上前來阻止，卻被秋菊按住。

我還沒回神就被人扔進滿是花瓣的澡盆內洗得乾乾淨淨，接著被換上一整套雪白簇新的北蒼國服飾；別緻的腰帶；頭上蓋著頭紗，細紗上繡著翩翩飛舞的蝴蝶。

沒來得及多看幾眼，就被人簇擁到王宮大殿。

這裡是北蒼國王宮最宏偉的地方，精雕細琢的梁柱上都有北蒼國特有的白色麒麟圖騰，最讓人驚嘆的是王座，是由一整塊雪玉雕成的栩栩如生的麒麟座椅，只可惜作為扶手的右前腳斷了一隻。

北蒼國國君正坐在上頭，支著頭；蒼狼跪在殿下，似乎是收到消息聞風而來。

當我一踏進宮內，北蒼國國君便抬起了頭掃我一眼，表情沒有半分改變。

「不錯，也難怪能迷倒那個男人。」北蒼國國君語氣淡得像是在談論天氣。

「蒼狼，本王這個意見你覺得如何？他搶了本王最親愛的姐姐，本王就把他最疼愛的妻子搶來，一個抵一個，讓他在黃泉底下也不能安眠。」

嚇！好歹毒的心腸，北蒼國國君肯定小時候的人格教育有問題。

「但是本夫人沒打算改嫁。」我氣呼呼的大喊，把剛剛還覺得漂亮的頭紗摘掉扔到地上，順便跳到上面踩兩下。

「本王並沒有問妳的意見。大婚的日子已經選定了，就在滑雪競技之後。」

「我不……」

「兒臣覺得父王的想法很好。既然如此，不如發出邀請函到大榮國去，把楚府的人邀請過來，要身為當家的楚大公子務必出席，這方法一舉兩得，可以讓大榮國難堪，讓楚府的人心痛，又能讓蒼姒姑姑的兒子回到北蒼國來。」

蒼狼說著，很快的朝我使了一個眼色。比起老太太我，他更清楚情勢，我只得悻悻然的閉嘴。

「很好，那就這麼決定了。讓人開始準備婚禮吧！務必要辦得盛大，本王要讓天下人皆知，楚瑜的女人現在已經屬於本王。」

「是。」

蒼狼低下頭，伏到地上。

＊　＊　＊

「本夫人才不嫁！」

蒼狼一關上門，我立刻大聲嚷嚷，楚殷跟楚翊已經收到消息在房內等著，我一進到房內就被楚殷抓著從頭看到腳檢查了一遍。

「憑什麼要嫁他，我有楚瑜這麼好的丈夫，他算哪根蔥哪根蒜，蔥蒜還很好吃，他好吃嗎？他會做糰子嗎？他長得像楚瑜嗎？」我氣呼呼的道：「除了楚瑜，我誰都不嫁。」

「娘，妳冷靜點。」

「娘被逼婚啊！沒聽過烈女不嫁二夫嗎！找根軟點的柱子給娘，娘要去撞柱。」

「娘，撞柱很痛，妳確定要撞？」

楚翊一問，老太太我霎時沉默。

「那……咬舌好了。」

「更痛，而且還有失敗變成啞巴的風險。」

「……那給娘吃不會痛苦的毒藥。」

「沒有那種毒藥。」

「那娘怎麼辦？」

「放心，娘，我絕對不會讓妳死的。」

楚殷輕輕一擁，我霎時覺得很有安全感，吸吸鼻子乖乖安靜下來。

「本太子知道父王會有所行動，但沒想到他竟然會這麼做，婚期還訂這麼近，看來父王是鐵了心，妳非嫁不可。」

「本夫人不嫁！」

「娘，要不然我把北蒼國國君打成殘廢？」楚翊甜甜一笑，指節折得啪啪作響。

「……小弟，這樣會引發兩國戰爭的。」

「不然換個方式……我有可以讓人死得不留痕跡的毒藥。」

「考量到兩國的關係，你還是先別衝動。」楚殷嘆了一口氣，把我摟緊了些，轉向蒼狼道：「有辦法讓娘離開嗎？」

「之前或許可以，但現在不可能了，父王已經知道她的存在，肯定會派人盯著她，要逃走是不可能的。且父王一向不信任我，他一定也會防著我。」

我一聽又嚷嚷起來，「如果要這樣被逼婚，娘還是去撞柱子好了。」

楚殷輕敲老太太我的頭，滿臉不苟同。

「娘，叫妳別看那麼多低俗的戲劇不聽，瞧那些戲都把妳教壞了，遇到這種事情只會撞柱。下回戲班子要演的戲目都要先送來讓我過目才行。」

「要不然現在怎麼辦？」

「我們還有一個萬能的大哥，不是嗎？」楚殷聳聳肩，給我一個微笑。「修書一封，問問看大哥的意見吧！」

對喔！怎麼忘了老太太我有一個萬能的丞相兒子？這種困境最適合叫他來解決，他在朝政上運籌帷幄，小小的婚事哪有擺不平的道理，交給他就對了。

我們修書一封，蒼狼派人快馬送去，到吃晚飯的時候回信就來了。老太太我拆開信，笑咪咪的準備看我大兒子有什麼錦囊妙計可以脫身，打開讀了一遍以後嚇一跳，沒看懂又讀了一次，讀完第二次揉揉眼睛再讀第三次。

「娘，大哥說了什麼？」楚翊湊過來問我。

老太太我瞪著手中的信紙出神，沒空回應他。

「上面只有一行字，娘怎麼看這麼久？」楚翊疑惑的探頭一看，看完臉色也變了。

楚殷看情況不對，連忙追問：「小弟，上面寫什麼？你讀出來。」

「上面寫……呃……『娘，事已至此，妳便嫁了吧』。」

「什麼？」蒼狼跟楚殷齊聲一喊，臉上難掩訝異。

——娘，事已至此，妳便嫁了吧！

聽聽！這是什麼話，這是一個為人兒子該說的話嗎？這年頭哪有人勸娘改嫁的，若改嫁了你們要叫誰娘？

老太太我心中一酸，毫不費力就淚流滿面。

「看你們大哥有沒有良心，娘辛辛苦苦把你們培育成才，現在竟然叫娘改嫁，你們大哥肯定是嫌娘老了沒用，所以想把娘趕出去……嗚嗚嗚嗚……」

「四哥！大哥怎麼會這麼說，大哥腦子浸水了不成？」楚翊氣呼呼的道，把信紙捏成一團。

「信先給我。」楚殷倒是冷靜，把信紙拿過去攤平，細細看了一回。

「確實是大哥的手筆，可是大哥為什麼會這麼說？」

「想也知道，一定是楚明嫌娘老了不中用，就要把娘趕出府去。他之前還說不要娘了……嗚啊……」一想到這件事就悲從中來，原來是早有預謀，這下好了，他準備把我這個娘丟在這冰天雪地的國家自己回去。

「娘別哭！大哥一定是哪裡出問題了，我絕對不會贊成的。」楚翊憤慨的揮拳，一手攬住我護在懷裡。

「誰來我打誰，來一個打一個，來兩個打一雙，娘別怕。」

「還是小翊貼心，跟娘一起摒棄你大哥，他簡直太不孝了。」

「好！第一個先打大哥。」

「小翊，你的手足之情到哪去了……」

「我總覺得這件事情太奇怪了，蒼狼太子，這封信真的是我大哥親自寫的嗎？」

「本太子派去的人說，這確實是楚大公子親筆無誤，如果你信不過，可以親自出宮去問。」

「這就怪了，大哥不會毫無理由的這麼說。」楚殷沉吟了聲。

「大哥還有說什麼嗎？」

蒼狼轉身，要人把那個送信過去的僕人叫上來。看上去還是個孩子，一臉誠惶誠恐，一進宮見到人就跪下。

「參見娘娘。」

「呃……奴婢只是宮女，娘娘在那邊……」小梅怯怯伸手一指。

眾人一片沉默。

那孩子立即彈起身來，咚咚咚跑到內室中，頭也不抬又跪下。

我聽雙膝碰在地上的聲音沉得很，估計是跪得很用力，不由得眉頭一皺。

「小、小的馬云，能夠被殿下跟娘娘召見，是小的榮幸……小的……小的……」

我見他在那邊抖了半天講不出一句話來，心中一軟。

「好了，別跪了，小孩子沒什麼好計較的，你起來吧！」

「謝謝娘娘。」

還沒真的嫁呢，就讓人叫娘娘了，老太太我聽得心裡是五味雜陳。

「馬云，你把剛剛送信去的情況再轉述一次，務必要仔細。」蒼狼說道。

「是，殿下。」說著，他又砰咚一聲朝蒼狼跪下。

「你別跪了，再這樣跪就壞了。」我慌忙喊住他，伸手攙他起來。

那孩子抬起頭一見我的臉，視線立刻就發直了。

「是……是……多謝娘娘……」

瞧他一臉感激涕零，老太太我分神一笑，然後查看地毯有無損傷。這塊地毯很不錯，花紋繁複又厚又軟，楚殷說這是西方工藝，目前大榮國還沒有，老太太我喜歡得很，不希望這小僕人跪壞了。

「剛剛小的送信過去，那位公子看完信，就深深嘆了一口氣，說『娘就沒有一刻不惹麻煩嗎』？」

蒼狼楚殷楚翊同時看向我，老太太我心虛的把臉別開。

為娘的製造麻煩，才能訓練兒子處理麻煩的能力，我這是為兒子好。

「那位公子只說了這句話就沒說別的了。然後他想了好一會兒，就很快寫完信讓我送回來。」

「只有這樣？」老太太我不可置信，語氣拔高，我兒子這麼隨隨便便就叫娘改嫁？至少也該為娘煩惱出幾根白頭髮才對。

「只有這樣。」那小僕人嚇得縮縮脖子，小心翼翼的回應。

「除了這個沒有別的嗎？真是怪了，二哥不可能不作聲。」

楚殷把信紙攤在桌上，那句話讓老太太我看得刺眼傷心，戲臺上的人這時候都會心痛到吐血，可惜老太太我身體強健……

「喔！對了，小的要離開的時候，有一位穿著盔甲的公子走進房內。小的走到門口，才想到有個包袱借放在侍衛那裡就折回去拿，結果聽見房內好像有人在大吼，他說『我說什麼都不會讓娘改嫁』，除了這些，就再也沒有其他的了。」

噢！這肯定是楚軍，雖然這孩子死腦筋了一點，可還是對娘很維護的，老太太我聽得直拿帕子擦淚。

確定再沒什麼可問的，蒼狼就吩咐馬云退下，房內氣氛一下嚴肅起來。

「看來二哥不知道大哥的決定。」楚翊臉上沒有笑意，側過頭思索。

「依我看來，楚大公子在所有兄弟中最親近的人就是楚大將軍，而今竟然連楚大將軍都這麼說，那看來楚大公子所言不假，雖然不知道他有什麼計畫，但可能真的是要瀅瀅妳嫁給父王。」

「雖然說夫死從子，老太太我身為大榮國婦女的表率，自然會遵從女誡，但楚明只是其中一個兒子，不是他說了算。我們楚府很開明，以眾人意見為依歸。」

「大哥要娘嫁，二哥說不讓娘嫁，那我當然也不要娘嫁。」楚翊立刻攬緊了老太太我一隻手臂表態。

「楚大公子既然這麼說，應該心裡有計畫才對。為了不惹怒父王，瀅瀅妳就聽他的話吧！」蒼狼持贊成意見。

現場變成二對二的僵局，所有人的視線都落到沒說話的楚殷身上。

楚殷沉默好久，盯著那封信，末了又抬起頭來。

「我覺得，大哥說的有道理。」

「什麼?小殷，你說什麼?你剛剛不是才說會保護娘嗎?」我的兒子們竟然窩裡反了。

「是娘惹的麻煩，總要娘親自去收拾。」楚殷聳一聳肩，起身離席。

老太太我臉色發白，連追上去的力氣都沒有。

蒼狼看我一眼，也站起來。

「本太子也吃飽了，你們慢用。」

三比二……我的兒子竟然跟蒼狼同一陣線，把娘給嫁掉了？

第十二章

北蒼國國君真如他所說的，把婚禮的事情辦得無比盛大，王宮內四處都掛起雪白的紗簾，大把大把的千捧雪被送進王宮，全都碗口大，含苞待放，已算好時間會在成親那天綻開。

即使是楚瑜當年娶我的排場，比起這個都遜色許多。雖說楚家富可敵國，但頂多是一小國之力，而北蒼國是泱泱大國，就算土地貧瘠，能夠聚集起來的財富跟排場也絕非尋常百姓做得到的。

假使這件事不是發生在老太太我身上，又不是遭到兒子們的集體背叛，也許老太太我還能放寬心當自己是來觀光的，可是被兒子們聯手逼著嫁出去，這會兒只有滿肚子氣。

「娘娘，請看看這匹緞子，是東方來的逸品，穿在您身上絕對適合。」

「這是來自西方的珍貴沒藥，可以讓您維持青春。」

「祁連山上的孔雀石，請您瞧瞧，這綠宛如深山碧潭，最適合拿來做成首飾。」

從一大早開始，一大群商人就把老太太我團團圍住說個不停，他們似乎是北蒼國國君叫來的，說是要準備婚禮的事宜。

平時對於這些稀有物品老太太我是喜愛得緊，不過這會兒可是滿肚子怨氣，連看都不想看一眼，拿把團扇半遮臉，不聞不問。

那些商人說了一陣子，見我沉默不語也緊張起來，兀自竊竊私語。

「怎麼辦？娘娘都不喜歡。」

「國君說不定會大發雷霆。」

「肯定是這些東西不夠珍奇，娘娘看不上眼。去，去把壓箱寶拿來。」

拿多少來都沒用，老太太我現在滿腦子只想撲到祖宗祠堂前跟楚瑜哭訴，看看兒子們怎麼欺負我這個娘，難怪人家說後娘難為。

「娘娘！」

有人揚聲一喊，蓋過所有商人的竊竊私語。老太太我愣了一下，轉過頭來。有一位始終跪坐在最後方的商人慢慢站起身來，全身都用布裹起來，只露出雙眼和手，身材相當高大。

他走上前，恭恭敬敬的彎腰行禮。

「小的保證可以討娘娘歡心，娘娘一定對這個有興趣。」

比起東西，老太太我更有興趣的是這位商人。我目不轉睛的盯著他露出袍子外的手，那古銅的膚色，渾身都帶著一種海洋的活力。

難道會是……

那商人奉上一個小盒子，打開來後發現裡頭有五顏六色的寶石，個個光彩奪目。

「這是未經琢磨的寶石原石，毫無瑕疵，最適合拿來給娘娘大婚時使用。」

他此話一出，眾人立刻又竊竊私語起來。

站在我旁邊的秋菊觸電般的抬起頭來，似乎發現什麼，目不轉睛的盯著那個人瞧。

「寶石原石？剛剛娘娘對那麼多寶石都沒看上眼，怎麼可能就喜歡這個？」

「他是誰？哪來的傢伙，自以為能討娘娘歡心？」

這些話讓老太太我在團扇後撇撇嘴。怎麼不能討老太太我歡心，光是這個人出現在這裡，老太太我就開心死了。

「很好，本夫人很喜歡，你留下，其他人都出去吧！還有什麼別的東西都拿出來讓本夫人慢慢看。」

霎時抽氣聲四起，眾人面面相覷不敢置信。

秋菊立刻往前一步送客。

「各位請往這邊走，奴家送各位出去。」

宮裡的其他宮女也都幫忙把那些商人帶來的東西拿出去。

待人走得一乾二淨後，只剩下老太太我跟這個商人大眼瞪小眼。

他抬起頭來，眼中有著笑意，眼眸泛著浪條似的灰。老太太我也笑了，把手伸出去拿起寶石來含在嘴裡，甜絲絲的在嘴裡化開，就跟這孩子給人的感覺一樣。

「娘正在煩惱糖球吃光了怎麼辦呢！」

那人扯下面罩，脫去頭套，招牌鬈髮散落下來。老太太我把團扇往旁邊一扔，親親熱熱的喊了聲飛撲上去。

「小海！」

「娘。」

「娘真的想死你了。」呃，其實只有偶爾想啦，畢竟這孩子不起眼……最近會想到好像是因為糖球吃光了，都怪景天太子天天來宮內喝奶茶，糖球消耗的速度太快。

「真的嗎？」楚海一聽，笑逐顏開，老太太我只好把話吞下去。

「當然是真的。」

楚海感動莫名，又緊緊把為娘的抱了一陣，我貼在他的胸膛上，聞到淡淡的海水味，心中欣喜莫名。

「人生有四大樂事，分別是金榜題名時、久旱逢甘霖、他鄉遇故知、洞房花燭夜，不過娘覺得應該加上第五項，跟兒子重逢。」楚海一把我放下，老太太我忙不迭的追問。

「你怎麼會來，給娘送糖球來嗎？」

楚海噗哧一笑，這孩子長得精明幹練，笑起來卻憨厚得很，也難怪在六個兒子中雖然輩分排前面，卻老是被欺負。

「是大哥叫我來的。」

「你大哥？」

「嗯。」

「楚明叫你來做什麼？啊！難道是來救娘嗎？」原來楚明真的是另有計畫，瞧這不是要另一個兒子來救我了嗎？

「但……不對啊！成親的消息應該才剛傳到大縈國，現在出發也要半個月後才能到，小海你是怎麼未卜先知的，難道你拜小風為師嗎？」

「娘想多了，我哪有五弟那種能力。是大哥出門前吩咐我，要我替他跑一趟北蒼國臨海，所以我一直都在北蒼國的臨海附近，前幾日接到景天太子的飛鴿傳書，說是娘出事了，大哥要我過來，我才趕忙改裝成商人混進宮裡。」

聽起來好像是楚明本來有什麼計畫，而老太太我讓他的計畫發生意外……想到這裡不禁把頭低了下去。

「聽說那個北蒼國國君竟然想納娘為妃子，我聽到的時候都氣壞了，砸了一船艙的東西。」

「小海……」聽得老太太我感動不已，這孩子笨歸笨，還是很孝順……

「等等！那一船艙裡有什麼東西？」老太太我跳起來，捉著楚海的領口搖晃。「娘上回要你帶一個會唱歌的盒子回來，你放在哪裡？」

楚海被我一質問，臉上立刻浮起錯愕。

「你肯定是放在那船艙內了對吧？娘告訴你多少次，東西要收好，娘等了這麼久，你才剛見娘就把娘的東西砸了。」老太太我氣得不住跳腳，就說這孩子笨、不貼心，這毛病始終沒有改。

楚海臉上黯然神傷，默默垂下頭。

「娘……我很抱歉……」

「道歉有用的話還要官府幹嘛？」老人家的心傷不得。

「我保證會再帶一個回來給娘，比這個更好看。」

「要帶兩個。」

「好。那娘願意原諒我了嗎？」

「娘再考慮一下。」

「娘～～」

「……」老太太我有志氣，不能隨隨便便就原諒兒子。

「娘～～」

偷偷撇過頭，這麼大個人了，還扯著娘的衣袖撒嬌，讓老太太我想到慕容府中的那隻黃狗來瘦，水汪汪的懇求眼神跟小海真像……一不小心就把手伸出去摸頭。

「原諒你了。」

楚海笑咪咪的把手搭上來。

咦，來瘦好像也會這招，叫做「握手」。

「那你大哥還說了什麼？」總之，言歸正傳。

「大哥要我通知娘，說他已經找到麒麟胍了。」

「真不愧是你大哥。然後呢？」

楚海偏過頭，用力思考了一會兒。

「沒有了。」

「沒有了？」老太太我怪叫一聲，怎麼可能，這孩子不是有什麼對策嗎？

「他沒提到關於娘的事情嗎？」

「沒有。」

我瞪著一臉無辜的楚海，忽然覺得楚明是不是找錯人來當信差，選一個神經最大條的楚海來，怎麼不選小殷這心思玲瓏的孩子？楚海這孩子以前就容易丟三落四，第一次出海還把貨物留在岸上，駕著一艘空船出航。

「再想想，你大哥真的沒有說別的事嗎？」

「沒了，大哥說別的事情等北蒼國的冰雪競技結束之後再說。」

果然，楚明還有交代別的事情，看來他是打算在冰雪競技結束後再行動。老太太我一撫衣袖，突然有些明白楚明的心思，選楚海這孩子來，估計是即便他被抓到也問不出什麼消息……

不知道楚明那封信是打算放消息給誰，既沒有讓楚軍知道，又私下讓小海來傳話，真弄不懂這孩子葫蘆裡賣什麼藥。

老太太我思索著。楚海也不說話，在我腳邊席地而坐，伏在我的膝上，我自然就伸手去順他的髮。他那頭髮髮看起來很粗糙，觸感卻相當柔軟。

這般光景就像在楚府一樣，春風和緩，陽光曬得人暖洋洋的，老太太我喜歡在臨荷的亭子歇息，而楚海總是這時候來，躺在為娘的腿上，央求著要我唸《詩經》給他聽，不過沒一會兒就睡著了，真搞不懂是來聽《詩經》還是來午睡的。

一想起楚府內的情況，唇邊就忍不住泛起微笑，有時楚殷也會來喝茶。

而楚翊那孩子調皮，總是想盡辦法把楚海推下水去，這才造成楚海的泳技日益精進。

「小海，你還記得……」才開口，老太太我的話戛然而止，發現伏在膝上的楚海已經睡著了。看來一路上舟車勞頓，他也疲憊了，睡著的時候嘴還微微張開。

「小海睡著的樣子真是好看，像個孩子一樣……」

以前楚瑜也會像這樣讓我睡在他的腿上，跟我說些來自遙遠東方的故事，有一些總是讓我熟悉不已，彷彿在很久很久以前聽過，因為太久了，而有恍如隔世的感覺。

以前我會去追究自己是在哪裡聽過那些故事，可是只要一認真回想，腦袋裡就盡是白茫茫一片。我問楚瑜，楚瑜只說我肯定是做夢夢著的。但人說日有所思夜有所夢，為什麼我平時從沒想過的事情會跑到我的夢裡來呢？

＊　＊　＊

既然楚明要老太太我等待，我就只能等待，我是絕對相信自己兒子的。

冰雪競技的日子一眨眼就到了，這是全國性的活動，自然北蒼國國君不能缺席，景天太子身為大榮國使臣，也是座上嘉賓，而老太太我身為未來的妃子，逼不得已也得出席，北蒼國太后則身子抱恙未能前來。

雖然老太太我是一臉的不樂意，可其實心裡是一千一萬個願意。開玩笑！我兒子們在場上的英姿怎麼能錯過？

參賽者多得不得了，有事先報名的，也有臨時報名的，把報到處擠得水洩不通，而其中還有不少人抱傷出席，這受傷的原因自是……呃……不言而喻。

來參賽的參賽者都穿著比賽專用的衣裳，為了避免有人混入比賽，比賽專用的衣裳上都繡有大會特製的印徽，於比賽當天才發放，藍色的厚襖子、青苔綠的腰帶，為了避免臉部凍傷，還會附贈一條白巾罩面。

即便一堆藍衣人聚在一起，老太太我仍然輕易的就從人群中找出兒子們，楚軍雖然高大，可在北蒼國百姓中卻不特別顯眼。

但論到品味，北蒼國的人們就遠遠及不上我們家小殷，同樣的服裝，他就要往袍襬剪一刀，做出流蘇的感覺，腰帶斜斜側綁，硬是綁出腰身，一頭長髮故意不綁起，自然垂散下來，再配上他那雙桃花眼……

嘖嘖嘖嘖……不是老太太我要說，這場子內至少有論打的男人在注意他。

「瀅瀅，喝點茶吧！」蒼狼坐在老太太我旁邊，低聲端茶過來。

雖然說這地方有炭爐，高臺上還是嫌冷了點，讓老太太我熱茶不離手。

「參賽者集合！」

金鑼敲響，所有的參賽者都聚集在高臺前，北蒼國國君照例說了幾句制式化的開場白，無非是天氣好，天佑我國，今日眾多高手雲集，他期待北蒼國的未來會更好云云，老太太我沒注意聽，因為宮女上了一籠熱燒賣，正忙著吃。

「本王宣布，比賽開始。」

一宣布比賽開始，起點立刻亂成一團，你砸我我打他他咬你，我愣了一下，悄聲詢問一旁的蒼狼。

「怎麼沒人出發？只忙著打架？」

蒼狼聳聳肩，一臉習以為常。

「這是競技，而且不設限任何手段，在起點的時候是眾人聚集在一起的大好機會，各隊伍都想趁機削減對方的戰力，大亂鬥是正常的，一會兒就會有人出發了。」

果然就如蒼狼說的，逐漸有幾支隊伍的人脫離大亂鬥，一躍而出跳到斜坡上，好幾個看身姿應該是女子參賽者，就像雪地裡的蝴蝶，輕盈一扭腰，迅速與旁人拉開距離。

那……我兒子呢？

老太太我攀在欄杆上，看見楚軍跟楚殷他們仍深陷亂鬥中，在好幾個滑雪好手都跳出亂鬥圈後，楚殷察覺事情不對勁，一手圈在嘴邊，發出一聲尖銳的嘯聲，楚翊立刻心領神會，跳過來護在楚軍身邊。

楚軍則趁機拔身而起離開亂鬥圈，身姿若遊龍矯健無比，老太太我簡直想要狂拍手加丟金豆子，偏偏北蒼國國君還在一旁看著，只能咬著手絹拚命隱忍。

不過一個月半的訓練，楚軍的進步是讓人驚異的，在一群高手中竟然不相上下，還很快的超前，趕上最前頭的那群女子，領頭的女子們交換一眼，三、四個聯合起來圍攻他，楚軍只閃躲不還手，非常有大丈夫風範，能把這孩子教得這麼好老太太我甚感欣慰。

楚軍不還手，只專心滑雪想脫離包圍圈。可惜女子確實有優勢，體態輕盈讓楚軍始終擺脫不掉，好幾次迫到他身邊，他都點到為止的推開。

「楚軍……」看那幾個女的下手狠辣，老太太我不禁幾分憂心。

「照本太子看來，楚大將軍很危險。在北蒼國是不問男女只問能力，他這麼有風度，肯定要吃虧的。」蒼狼湊過來對我低語。

「楚軍這孩子是固執了一點，但人生本來就該有自己的堅持，娘支持他。」

「我看楚明公子應該是打算讓楚大將軍拔得頭籌來換得妳的平安吧！畢竟這是全國皆知的競賽，就算是父王也沒辦法對自己的承諾反悔。如果楚大將軍在這裡輸了，妳可就真的要嫁給父王。」

老太太我瞥了蒼狼一眼。「別小看我的兒子們。」

「那妳說，繼續這樣閃躲下去要怎麼贏？他已經被拖慢速度了。」

正說著，又有幾個參賽者超前，遠看似乎都是女子。

楚軍也察覺情況不對，閃身進枯木林中，打算藉此擺脫那些女子的糾纏。可沒想到好幾個不死心的追了過去。只看楚軍在枯木中穿梭自如，但那些女子可能因為地形不熟，好幾個連連撞樹。

待楚軍率先衝出枯木林，我投給蒼狼得意的一瞥。

「看到沒？什麼樣的娘就有什麼樣的兒子！」

「是嗎？」蒼狼指指場上。

老太太我定神一看，發現仍有一個女子追隨在楚軍之後。

楚軍滑過長坡加速打算甩開她，那個女子卻加快速度追了上去，可是因為她衝得太快沒注意到長坡上一顆突出的石頭，整個人霎時頭下腳上的滾下去，她發出一聲驚叫，楚軍扭頭一看，臉色突變，竟然返身折回，一手扭住女子的臂膀在空中輕輕一帶，消去衝力讓她站穩。

那女的愣了一下，顯然沒想到楚軍會回頭救她。

楚軍維持一貫的風格，冷著臉又滑走了，只剩下那女的站在原地。

後面被枯木林困住的女子們追了上來，似乎彼此認識，圍在她身邊關切。

「這可是競賽，對敵人仁慈，就是對自己殘忍。」蒼狼搖頭嘆息，認為楚軍此行實在愚笨。

「我兒子很俊美。」我撇撇嘴，不苟同蒼狼的話。

「那跟競賽又有什麼關係？」

「給你上新的一堂課。女人這種生物啊，是最抵抗不了英雄救美的橋段的。」

在楚軍於大榮國比武競技打敗一百人的當天，老太太我把他叫到跟前。

「楚軍，娘今天要給你上一堂特別的課。」

「娘請說。」

「百戰百勝這一點你已經做到了；但娘要告訴你，百戰百勝沒什麼了不起。若你只求戰勝，那只是為自己增加敵人；贏一百次，替自己增加一百個敵人；等到你身邊都是敵人，你就完蛋了。」

「娘說得是。」

「所以說，做人要留餘地，打敗一百個人，增加五十個朋友，你就賺到了。別人說你笨你別管他們，因為說別人笨的人通常自己更笨。對好對手留餘地，不讓他們失了面子，對於女子要出手相助，英雄救美。」

「娘，這英雄救美是……？」

「以後你就明白了。」

因為戀愛中的女人能帶來的好處超乎想像。

帶頭的那撥人已滑下山坡，看不見他們的身影了，此時起點的人才開始出發；但十之八九都被打倒在地了。

楚殷楚翊站在七零八落的敵人中央氣喘吁吁，找不到蒼狼發配給他們的滑雪好手，估計是變成躺在地上的一員。

楚殷楚翊抽身離開亂鬥圈，有幾個不死心的人又追上來，他們輕輕鬆鬆兩招解決，楚殷率先滑出，可能是太重視頭髮不能被吹亂，他滑得一般般，姿勢卻是一百分。

楚翊……不是我要說，這孩子練武的姿勢那麼美，滑起雪來怎麼像隻小猴子一樣笨拙？

他們一邊慢慢滑著，一邊解決來自後方的人，但說到底大部分都是楚翊打的，楚殷正忙著拍他袖口沾上的泥，調整腰帶，最後兩人逐漸消失在老太太我的視線中。

「大王，自從那個妖僧被趕出宮後，宮內一片祥和，之前的鬼魅就沒再出現了。」

這嗓音一聽就讓人想大喊妖孽。老太太我看過去，嚇！有條蛇……不是……有個長得很像蛇的男人站在北蒼國國君身旁，滿臉諂媚的笑。

這情景讓我想到一句話，所謂「國之將亡，必有妖孽」，怎麼北蒼國國君要把妖孽養在身邊？瞧瞧那全身黑漆漆的大氅，上面繡著奇形怪狀的鬼怪，倒三角臉還把頭髮全部用力往上梳，原本細長的眼顯得更加細長，只差沒有一條分岔的舌頭，活生生就是一副蛇妖樣。

「嗯，很好。」北蒼國國君看也不看他，端起熱酒垂眼輕抿。

「聽說大王最近要新納一名妃子，這是大喜之事，微臣這些日子閉關在殿內，今天才知道，所以遲了些跟您道喜，真是非常抱歉。」

是在說老太太我嗎？

「也沒什麼好道喜的。」

「需不需要微臣替大王看看這名女子的面相，若是跟大王相剋就不好了。」

「國師所言有理，你看看也好。」

原來他就是國師？老太太我瞠目結舌，之前在慕蓉府中曾經聽說過，上一任的國師是楚風他娘，眼看從一個國色天香的大美人變成妖孽，北蒼國國君能接受的範圍還真廣……正想著，國師就走過來了，我注意到蒼狼的臉色霎時凝重起來。

「參見娘娘，微臣乃國師畢璽。」

「敝屣？你娘為什麼要叫你破爛的草鞋？」

國師的嘴角一抽，語氣有幾分惱怒。

「娘娘誤會，小人姓畢，玉璽的璽。」

「那你娘為什麼要把你取名叫做印章？」璽不就是印章嗎？

「這、這小人也不清楚……」國師咬牙切齒的回應。

問問名字而已，他在生什麼氣？我瞧蒼狼一眼，他別過頭去，嘴角有可疑的笑紋。

「初見娘娘，娘娘果然是美豔無雙。」國師笑吟吟的回應，卻沒笑到眼底。說著，他轉向北蒼國國君：「可惜自古紅顏禍水，大王，還望您三思，此女美則美矣，微臣見她有禍國之相，恐怕不適合為妃。」

長得漂亮的女人都是禍水，想來國師的妻子跟女兒應該都不怎麼漂亮……不過那句不適合為妃可正中老太太我的下懷。

「本王心意已決，就是要納她為妃。」

可能沒想到北蒼國國君這麼堅持，國師自信滿滿的臉上立刻浮現愕然。

「可是，大王……」

「若有問題，待納妃後，打至冷宮便成。」

坐在對頭的景天太子也聽見了，一雙眼滴溜溜的看向我。

顯然北蒼國國君這回答讓眾人都莫名其妙，只有我跟蒼狼知道內情，總之他娶我是為了報復楚瑜，這男人的心胸還真不是普通的狹窄。

國師似乎還想說什麼，可見到北蒼國國君一臉不容置喙，也只得悻悻然的閉嘴，再看向老太太我的表情有幾分戒慎。

大概過了兩個時辰，終點線前才開始出現人影，我連忙定睛一看，差點要站起來歡呼，幸好蒼狼及時按住我。

我家楚軍飛馳在最前面，後面跟著一票女子軍，維持著一定速率，就沒人超前他，再後面就是其他的參賽者，仔細一看，楚殷跟楚翊也混在其中，楚殷的頭髮終於亂了，顯然剛剛經過一番惡鬥。

楚軍保持距離飛馳過來，終點線就在老太太我所在的高臺面前。看見兒子朝娘飛馳過來，簡直想到終點線去擁抱他親兩口。楚軍是贏定了，這下子老太太我不用嫁給北蒼國國君了。

楚軍也看見在高臺上的我，雖然看不見表情，但我相信這孩子肯定在對我笑，不由得回他一笑，伏在欄杆上想把他看清楚。

他越來越近，只差終點線五尺之遙。

「小軍！」我低聲喊著，替他打氣，下一瞬間卻聽見蒼狼的聲音在耳邊響起。

「抱歉，瀅瀅。」

怎麼——

「啊——！」老太太我來不及思考，下一瞬間就頭重腳輕往下摔去，高臺至少也有三、四尺，我老命不保了，只能蜷縮起身子。

「不行！」一聲大吼，在終點前的楚軍看見這一幕，霎時回頭飛身雙手伸出來要接住我，老太太我只見他胸口那片布料越來越近，最後貼上去，讓楚軍護著在雪地上滾了兩圈，毫髮無傷。

楚軍的呼吸急促，擁抱緊到快把老太太我的胃從嘴裡擠出來。

就在此時，一名不認識的女子衝過終點線，圍觀的群眾大聲歡呼。

我從楚軍懷裡鑽出來，愕然的瞪著這一幕。

楚軍……竟然輸了？

我往上看，蒼狼站在高高的臺上面無表情，見我沒事，又坐回自己的位置。

第十三章

得到優勝的女子站在終點前衣袂飄飄，怡然不動。楚軍抱著我站在臺下，好似腦子還沒轉過來，怎麼突然間風雲變色，蒼狼為什麼要臨陣背叛我們？

「優勝者，摘下妳的面罩讓大王看清楚。」站在高臺上的官吏朝下命令。

那女子揚起眉，垂頭摘下面罩，再抬起頭時，全場觀眾的眼睛都瞪到最大。

「在下慕容風。」

根本不是什麼女子，是我們家小風啊！這是什麼峰迴路轉的情況？以為我兒子輸了，沒想到搶到優勝的卻是另一個兒子？他是什麼時候以母姓參加比賽的？事前都沒有人發現。

「慕容茹月……」北蒼國國君臉色刷白。

站在北蒼國國君旁邊的國師不知道為什麼渾身抖得像是秋風中的落葉。

連蒼狼也沒料到，臉上滿是錯愕。

難道這是楚明安排的另一步暗棋？

「優勝者，你可以向大王提出一個要求。」

楚風淡淡一笑，視線在老太太我身上一轉，為娘我立刻心領神會。

這孩子肯定是來救娘的，他的要求一定是——

「在下要求跟國師一戰，在這裡，於北蒼國的人民之前。」

老太太我本來打算飛身出去擁抱他，霎時愣在當場。

兒子不救娘，去找北蒼國國師的麻煩幹嘛？

「你說什麼？」北蒼國國君對於這要求也很訝然。

「在下記得北蒼國有規矩，只要能夠在比試中打贏現任國師，就可以取而代之。」

「你是在開玩笑嗎？你已經是大榮國的國師了。」國師漲紅著臉尖喊出聲，立刻跪到北蒼國國君面前，「他一定是奸細，想要來刺探我國的國情！大王不要理他，快把他關進牢裡！」

「我生母是北蒼國人，十一歲之前我都在北蒼國長大，這裡是在下自小熟悉的地方，當然希望能夠回到北蒼國來。」

楚風此話一出，在場觀眾立刻議論紛紛，贊成的聲音居多。慕容家在北蒼國的人民心中有不小的地位，若是楚風能回到北蒼國，對他們也是一件好事。

北蒼國國君臉上浮現深思。

國師立刻又開始叫囂。

「不行，絕對不可以。大王，他是奸細，他會危害您的國家。他娘就背叛您啊！血緣這種東西斷不了，他肯定也會背叛您的。」

「慕容茹月的兒子……你也有她那般的能力嗎？」

對北蒼國國君的問話，楚風臉上沒半點表情，「大王一試便知。」

北蒼國國君的視線落到國師身上，國師的面色如土。

「你就去吧！身為我國現任國師，你自然不該輸。」他伸手一招，官吏立刻畢恭畢敬的上前來。

「傳觀星處的人來，準備擺壇。」

＊　＊　＊

北蒼國歷來對於國師的考核有兩種，其一是祈晴。北蒼國連年寒冬，陽光變得無比珍貴，嚴冬的日子裡，為了要使作物不至於凍死，會由國師祈求晴天。而今天競賽一早就開始，現在已經接近下午，整天都是陰的，看不出一點放晴的跡象。

我被人從楚軍身邊帶開，回到高臺上，正好可以把場下的情況看得一清二楚。說是擺壇，其實不過是讓兩個人分別站進玉石排起的圓圈中；玉石凝聚清淨之氣，能讓祈晴的效果更加顯著。

兩人輪流祈禱，直到放晴為止，北蒼國曾經有國師因為祈求不到晴天，被活活凍死在壇上。這次由北蒼國的國師先開始，見他在圓圈中亂舞一陣，嘴裡唸唸有詞，舞得大汗淋漓，半個時辰過去，天上還是靜悄悄的，雲層不見消散。

「啟、啟稟大王，今日是麒麟吐息之日，而麒麟是我國的守護神，臣無法反抗祂，若是執意要放晴，可能會引來災禍。」

「既要推託，何患無辭。」

楚風一句話，國師的臉色刷的發白。

「預言是為了讓國家更好，你反過來利用人們的恐懼實現自己的預言，根本沒有資格作為一國的國師。」

「你……你少胡說八道！大王，臣真的沒有說謊，如果說謊，願遭五雷轟……」

國師才說到一半，遠方就響起轟隆轟隆的聲音，霎時讓他住了嘴。

「可不能隨便亂發誓，小心應驗在自己身上。這不是最基本的道理嗎？」

楚風輕嗤一聲站起身來，朝北蒼國國君拱拱手，他只是站定在那裡，就有種莫名的壓力沉下來降在每個人身上，四周一片安靜，誰也不想開口，只是定定看著楚風的動作。

這也是老太太我第一次看見這兒子工作時的情況。

他玉白的臉上甚至透出一抹莊嚴之氣，身軀宛如膨脹了數倍大，讓人無法忽視他的存在，跟剛剛北蒼國國師的亂舞不一樣，他只是舉起一隻手向天，跟著仰起頭，另一手自然垂下，袖子垂落地上，好像在靜靜等待春天第一抹陽光的花朵。

好半晌過去，什麼事都沒發生，眾人惴惴不安，有些人甚至在人群中騷動起來，北蒼國國師的臉上不禁浮現笑容。

老太太我眼看半個時辰就要到了，還是什麼事都沒發生，看得心裡直著急。

「啊！放晴了！」

驀的，人群中一聲喊叫，驚呼四起。

楚風頭頂上的雲層散開，透出的金光照在他臉上，像鑲上一層金邊的白玉，美得不可思議。他緩緩張開眼，收回手，站定在原處，看向北蒼國國師。

勝利，不言而喻，這種無形的張力太迫人。

「大……大王……臣剛剛說過了……臣只是……只是不想違背麒麟的意志，臣不是不能祈晴……」

「那麼，我們就來比一比如何？」楚風淡淡的回應。

「你說什麼？」

「預言，預言這個國家的未來……不，我們預言……大王的未來。」

此話一出又是一片譁然。

老太太我吃了一驚，楚風這孩子從來沒有提過他有預言的能力，他也從來不預言，以往有些事情他確實能未卜先知，老太太我問過他幾回，他只回答他聽見了風中的聲音。

他並不能知道還沒發生的事情，如今他竟然要預言北蒼國國君的未來？

「有意思，本王很想聽聽慕容家的人會如何預言本王。」北蒼國的國君突然插口，臉上漾著笑。

「慕容茹月從來都不肯把她占卜的結果告訴本王，而今她的兒子在這裡，本王倒很想聽一聽。國師，便由你開始吧！」

北蒼國國師一聽，脣抖了好半天，忽然臉色一變，雙膝落地。

「恭喜大王，賀喜大王，在大王統治之下，我國安居樂業，大王將成為北蒼國史上的不世明君，臣已經看見在未來的史書上，您將會被千古傳誦。」

北蒼國國君似乎對這答案很滿意，點點頭轉向楚風。

「那麼，你呢？慕容茹月的兒子？」

「在下的話，只能說給大王一個人聽。大王聽過之後，就能明白準不準。」

北蒼國國君的臉色陰晴不定，看著楚風好一會兒，深深的嘆出一口氣。

「若是說得不準，本王就殺了你。上來。」

楚風被迎上高臺。老太太我看著他直擔憂，不知道這孩子下一步又打算做什麼。

他在北蒼國國君身邊彎下腰，在他耳邊輕語，這話誰也聽不見，但北蒼國國君的臉色變了。最後楚風站直身，表情仍然平靜。

「這不是在下預見的未來，是在下的娘留下來的預言。您不是這個國家的明君，而今天，就是您退位的日子。」

北蒼國國君聽了這種話理應震怒，可是卻一動也不動，只能用那雙眼把楚風千刀萬剮。

楚風漠然回視，手上的匕首穩穩架在對方的脖子上。

膽大包天，我這兒子竟然挾持北蒼國國君？

「小風你……」我正要往前，又被人抓著退後兩步。

「放開父王，否則你們的娘就會沒命。」蒼狼的手扣上我的頸子，簡直跟鐵片一樣冰冷。

「您不需要這麼擔心。」

有人從人群中走出來，一身平民打扮。

「楚……楚明？」

「怎麼可能，你不是還在別院？」

「……姐姐的兒子？」

楚明一出現，在場三人的反應完全不同。

跟在楚明後面走出來的是笑嘻嘻的琦妙；而柳眉夜不太習慣被眾人圍觀，默默跟在琦妙身後。琦妙發現他的舉動，皺眉把他抓出來。

「男子漢大丈夫，幹嘛哭喪著臉？抬頭挺胸！」

「我……我不習慣……」

「不習慣也得習慣，不然怎麼當我相公。」

「我沒答應要娶妳……」

「不娶我就挖你眼珠子，娶不娶？」

「娶……」

這兩個孩子是什麼時候打在一塊的？不過沒空管那些鎖事了，只見我家楚明走上前來，兩旁有侍衛想攔，可沒想到還沒碰到楚明的衣角就飛出去，只見楚軍楚翊一左一右站在旁邊，楚翊剛剛那凌空一踢真美。

「來這麼慢，害我頭髮都亂了。」楚殷慢吞吞走上來，整裝完畢後，又是瀟灑風流佳公子一枚。

「你們想做什麼？」一下子情況變成這樣，蒼狼的語氣也有幾分慌亂。

「我們並不是蒼狼太子的敵人，您應該是最清楚的。」楚明聳聳肩，他的態度很輕鬆。

蒼狼卻一點也不敢放鬆。

「你不要亂來，瀅瀅在我手上……」

「太子很明白吧！」楚明不等他說完，逕自往下說。

「把娘留在這裡是為了困住我們，但即使娘留下來，這個國家仍然是掌握在北蒼國國君的手上。這麼多年來，國君一直都信任國師，方才大家都看見了，這人分明就是一個諂媚的小人，一點能力都沒有。」

楚明對蒼狼拱了拱手，緩步走上高臺，經過剛剛的事件後沒人敢出來攔阻，卻冷不防右側射來一枝冷箭，可那枝箭還沒碰到楚明，就融化在空中。

這種、這種恐怖的能力……

「哎呀！我本來不想露面的。」

人群中伸出了一隻手，眾人嚇得讓開一條路，參賽者打扮的兩人揭下面紗，赫然是慕容茹星跟藍君悅。

「星兒，妳什麼時候學會隔空使用能力的？」

「就最近吧，可是只能融掉一些小東西，譬如說箭啦！人的眼珠子啦！假使那個放冷箭的人繼續射，我不確定他會不會瞎掉。」

……這不啻是最可怕的威脅，冷箭霎時沒了影子。

老太太我瞪著眼前的一幕，這簡直是全員大集合啊！欣喜嗎？不，應該是驚嚇……不知道這些孩子下一步打算做什麼。

只見楚明偕同楚軍楚翊走到蒼狼面前站定。

「我想我的座右銘，您應該不陌生。」

釜底抽薪？霎時，我理解楚明的意思。

「這個國家只要國君跟國師還在，就不可能變好，最好的方法就是讓新的人繼位，有才華有抱負的年輕君王才是這個國家需要的。」說著，楚明雙膝落地，蒼狼扣在我喉間的手也鬆開了。

要讓這個國家變好的最根本方法，就是直接從最高位的人改變起，打從一開始，楚明就沒打算取得北蒼國國君的同意，而是讓同意這件事的人登上王位，釜底抽薪，真的是釜底抽薪。

我被放開後，也走到楚明面前，朝蒼狼一福身，轉向欄杆外的眾人。

「以蒼狼太子為新王，在場有任何人反對嗎？」

蒼狼的清明之名早已傳遍全國，底下的人交頭接耳，本來是竊竊私語，後來越來越大聲，猛地人群中爆出一句話。

「我贊成！我贊成蒼狼殿下為王。」

這句話宛如在平靜湖面上滴下的水珠，漣漪隨之擴散開來，無數的人開始附和。

「我也是，我也贊成！」

「蒼狼殿下，恭喜您。」

「蒼狼殿下萬歲。」

沒有人為北蒼國國君惋惜，一個君王失了民心，下場即是如此。我低下頭，跟著雙膝落地。

「恭喜您，北蒼國的新國君。」

底下的人也跟著跪地，齊聲歡呼。

「蒼狼殿下萬歲！」

蒼狼臉色刷白，看著高臺下的百姓，血色又一點一點從脖頸爬上來，整張臉因為激動而漲紅。

「本太子……」

「您說錯了，您現在是這個國家的君王了。」我柔聲糾正他。

「既然已經確定，我們就送國君回宮。」楚明抬起頭來，眼眸閃閃發亮。

我注意到被挾持的北蒼國國君一直盯著他。想來也不用楚風架住他，他根本不想反抗，視線飢渴的在楚明身上梭巡，似乎想找出什麼。

「回宮？但宮裡都是父王的侍衛……」

楚明微微一笑。

北蒼國國君渾身明顯一震，也許是從那笑中看見誰的影子。

「這您不用擔心，請吧！」

果然如楚明所說，一回到宮裡，宮門大開，侍衛無不恭恭敬敬的迎接我們，一方面是因為敬服蒼狼，一方面則是因為……

「真是有夠慢的。」莫名難得抱怨，站在宮門迎接我們。

「師兄！」琦妙親親熱熱一喊飛奔過去，「怎麼樣，我新研發的毒怎麼樣？」

「馬馬虎虎。」

「什麼？應該很有用才對啊！那個吃了後，會讓男人的那裡一直縮小耶！」

「就說妳不懂得節制。比例不對啊，妳要讓北蒼國王宮裡的男人全絕後不成？還累得我要幫妳重新調製。」

侍衛聽了他們這段對話，無不站得更直，似乎「那裡」是非常重要的部位，縮小了很嚴重，不過老太太我有聽沒有懂，下次再問莫名好了。

「辛苦了。」楚明步下馬車，朝莫名點點頭。

「沒什麼，小事一樁。」

所以說，不能隨隨便便把莫名跟琦妙這種人放在家裡……哪天自己的家被攻陷都不知道……

一回宮，國師自然馬上被摘掉頭銜丟進大牢；北蒼國國君，應該說是前國君，也被人送回寢宮軟禁。最後只剩我們一行人留在大殿上。

「為什麼要來這裡？」蒼狼問道。

「大王，誠如您之前要求的，麒麟脈已經找到了。」

「什麼，在哪裡？」

「就在這裡。」楚明戟指往地上。

「你別說笑了。」

「我有沒有說笑。大王應該很清楚，在下很確定，麒麟脈的源頭就在這王殿之下。只要找人來開挖就知道。」

蒼狼聽了這段話，卻抿唇不語。

「或許這下面有什麼秘密宮室不能開挖；但在下只是告訴大王這件事，大王心心念念的麒麟脈就在這裡。」

我看著五個兒子一字排開站著，楚明站在中間，這畫面真是好看，絲毫沒有缺少什麼的不和諧感。

「不可能，這下面本王去過很多次，絕對沒有麒麟脈。」

「大王不開挖看看，怎麼知道？」

對於蒼狼的一口咬定，楚明卻是不為所動。

蒼狼站在原地躊躇了半晌。朝思暮想的麒麟脈就在眼前，他卻裹足不前，這情況實在讓人困惑。末了，他深深一嘆抬起頭來，卻不是看向楚明，而是看向我。

「這一天還是來了。瀅瀅，我並不想見妳傷心。」

「本夫人嗎？」怎麼，麒麟脈會讓老太太我很傷心嗎？

蒼狼走到王位前，往那隻雪玉麒麟的左腳腳趾按下去，麒麟竟然緩緩往左移開，露出黑黝黝的洞口，一陣刺骨的冷風從洞口吹來，能夠看見白煙慢慢瀰漫整個大殿。

「三百年前，我國國君在北山開挖到一塊千年寒晶，若把屍體封入冰中，可維持身體不腐；聽說若人一息尚存，封入冰中可留住最後一口氣，一年之後破冰若能轉醒，即使是危及性命的重傷也能自癒。」

聽著蒼狼的話，老太太我驀的升起一種不好的預感。

「這裡本來是只有王族可以使用的地方，而我為了個人的私願，偷偷把一個人也運進來，希望能夠保住他的命。」蒼狼苦笑一聲。

「瀅瀅，妳曾經問過我，那個計畫是誰寫的。」

老太太我渾身僵硬，視線不可控制的看向那個洞口，這麼深的黑暗，這麼冰冷的地方，他……在這裡嗎？

「不是我，從一開始尋找麒麟脈、擬訂這個計畫的人都不是我，我只不過是從旁協助他的人。」

放眼天下，能有這般遠見與才智的人，我想破頭也想不出第二人，驀的腳自己動了起來飛奔過去，一頭撞進黑暗。

「娘！」

有五個聲音在我後頭一起響起，我卻只覺得臉上一片冰涼，淚水一進到這個洞內就被凍住，結在臉上。

楚瑜，你在哪裡，你到底在哪裡？

＊　＊　＊

洞穴內很黑，地上有無數的小冰潭，有些裡面有人，每個看起來都栩栩如生；不過很多冰潭是空的，這些冰在幽暗中竟然泛著幽幽的藍光。我挨著一個又一個的看過去，渾身發冷。

「娘！妳別這樣！」楚明他們追下來，要把我帶上去。

「這裡很黑，至少先點個火把再下來，妳這樣找要找到什麼時候？」

「你們不要管我！」我抹抹臉，手指僵得沒有一點感覺。

楚瑜，你在哪裡？

我不相信，蒼狼在說謊吧？你真的在這麼黑、這麼冷，宛如墳墓的地方嗎？

待走到最深處，一看見凍在冰潭中的人，老太太我霎時僵直。

此時，有人點起火摺子，滿室的冰都反射火光，一室明亮。

「爹……」

裡頭的人黑髮如墨散開，身上僅穿著一件尋常外衣，緊閉的雙眼和嘴脣都仍泛著溫潤的色彩，幾乎以為他只是在裡面睡過去，正在做一場美夢。

楚瑜就在那裡，容貌就像當年他離開我的時候一樣絲毫未變，他曾經用那雙手為我舞劍，替我做糰子，他會笑著叫我瀅瀅，把我擁在懷裡。

這幾年來，我一直都在等他。

「我把楚瑜大人送進這裡一年之後，楚瑜大人卻沒有醒來……」蒼狼的話從後方傳來，聲音有點悶悶的，「他已經死了。」

胡說吧？

楚瑜明明還在這裡，就像睡著一樣，只不過是隔了一層冰，好像只要我敲碎冰他就會醒來。

「楚瑜！」我爬到冰上，握拳用力敲下去，妄想把他敲醒。

他貪睡了，睡遲了，故事中都說，要喚醒沉睡的愛人，只能用吻。他一定是在等我。

「我在這裡，楚瑜！」我喊起來，大口吸氣幾乎讓我窒息；這室內滿是陰寒之氣，一吸進去就冷得讓人咳起來。

可是楚瑜卻毫無反應，只是繼續睡著。

他說，等他回來呀！

所以我一直在等，在我心裡，我從來都不承認他死了，如果連我也承認他死了，彷彿楚瑜就會真的死在我心中。我不要，只要我不承認，沒有看見他的屍體，我就能對著空蕩蕩的衣冠塚微笑，相信他還活在某個地方，只是沒辦法回家來……總有一天會回家的。

而今眼前的一切，卻狠狠打碎了這個夢。

「楚明、楚軍，你們快點動手，你們的爹被關在這裡面，快點把他救出來。」我說著，又伸手去搥那塊冰。

楚殷看不下去，搶上前來。

「娘，住手，妳的手都凍傷了。」

「小殷，快點，快救救你爹！」

「被寒晶冰封的屍身不能再拿出來，否則就會灰飛煙滅。」

我霎時僵住，轉向蒼狼。「你說什麼？」

「如果妳執意要把冰打破，那麼，妳就再也見不到楚瑜大人了。」

「楚瑜他只是睡著，他一定是在等我來救他，他其實要醒了。」我不信，這些都是謊話，我才不信。

「妳如果想看見楚瑜大人消失在手下的話，大可以那麼做。」蒼狼垂下眼睫，逃避般的別開眼。

「騙人，大騙子！」我渾身發冷，尖叫起來。

楚殷想把我抱緊，卻被我掙脫出來，每個兒子臉上都一臉哀傷，可是我無暇管到那些。

沒了楚瑜，我還要什麼呢？

騙人，全部都在騙我。

楚瑜騙人，說要回來，卻冷冰冰的躺在這裡。

蒼狼騙人，楚瑜一定是要醒的，只是睡遲了。

可其實騙自己最多的人是自己，我一直相信，一直相信自己替自己編造的最大謊言：楚瑜沒有死。

但現實擺在面前，楚瑜——真的死了。

我想著、念著，在夢裡也會見到的那個人，再也不會回來了。

《小媽之雪國歷險記》完

敬請期待小媽系列之五，精采完結篇！

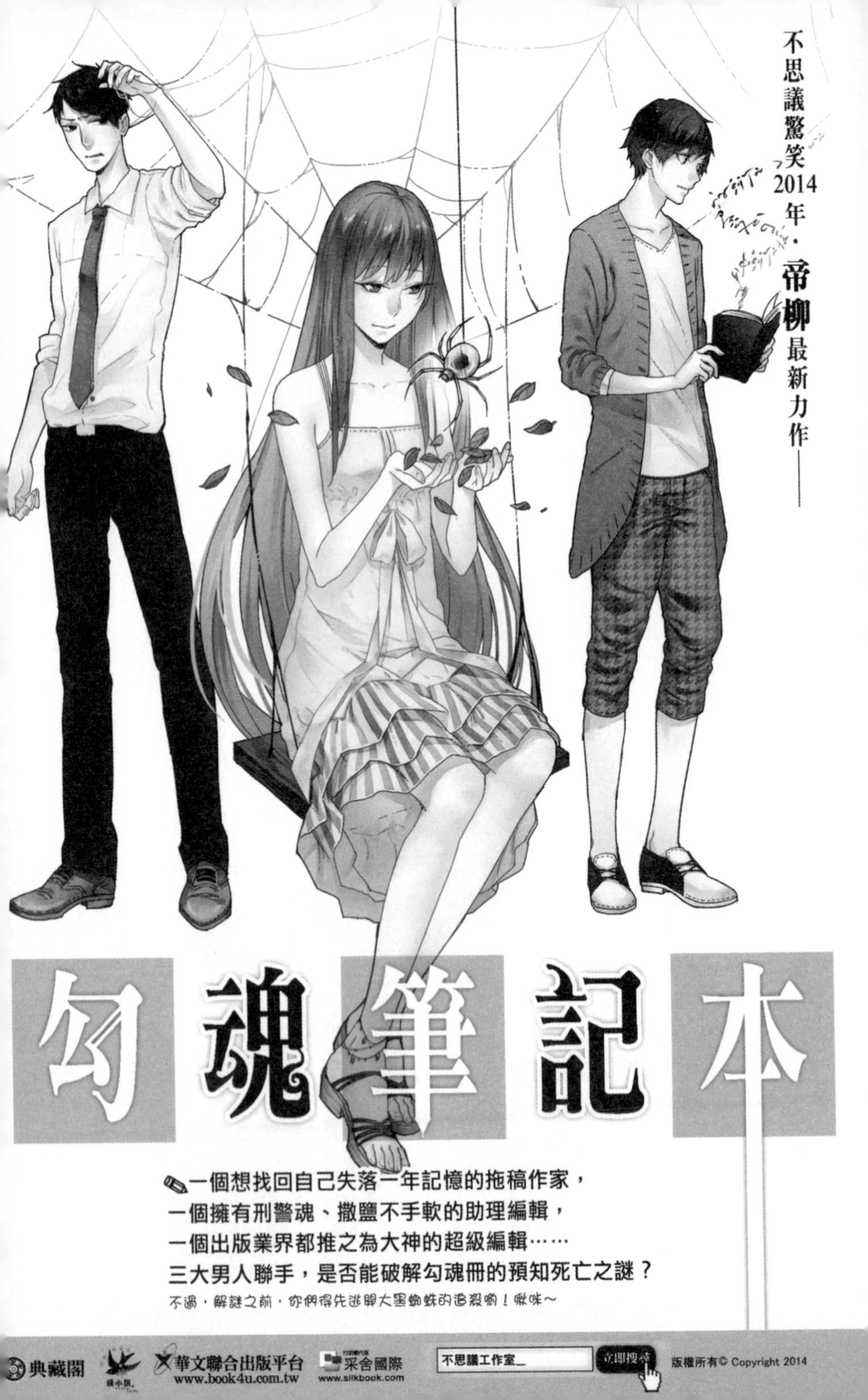

不思議驚笑2014年・帝柳最新力作——
勾魂筆記本
一個想找回自己失落一年記憶的拖稿作家，
一個擁有刑警魂、撒鹽不手軟的助理編輯，
一個出版業界都推之為大神的超級編輯……
三大男人聯手，是否能破解勾魂冊的預知死亡之謎？
不過，解謎之前，你們得先逃脫大黑蜘蛛的追殺喲！啾咪～
典藏閣
華文聯合出版平台
www.book4u.com.tw
采舍國際
www.silkbook.com
不思議工作室_
立即搜尋
版權所有© Copyright 2014

師父說了算!!
Novel 雲端
Illust 重花

飛小說系列081

小媽系列04

小媽之雪國歷險記

出版者■典藏閣
作　者■夢空　繪　者■IKU
總編輯■歐綾纖
製作團隊■不思議工作室
郵撥帳號■50017206采舍國際有限公司（郵撥購買，請另付一成郵資）
台灣出版中心■新北市中和區中山路2段366巷10號10樓
電　話■(02)2248-7896　傳　真■(02)2248-7758
物流中心■新北市中和區中山路2段366巷10號3樓
電　話■(02)8245-8786　傳　真■(02)8245-8718
ISBN■978-986-271-421-8
出版日期■2014年1月首刷／2015年11月二刷
全球華文國際市場總代理／采舍國際
地　址■新北市中和區中山路2段366巷10號3樓
電　話■(02)8245-8786　傳　真■(02)8245-8718
新絲路網路書店
地　址■新北市中和區中山路2段366巷10號10樓
網　址■www.silkbook.com
電　話■(02)8245-9896
傳　真■(02)8245-8819

☞您在什麼地方購買本書？☜

1. 便利商店（________市／縣）：☐7-11 ☐全家 ☐萊爾富 ☐其他________

2. 網路書店：☐新絲路 ☐博客來 ☐金石堂 ☐其他________

3. 書店（________市／縣）：☐金石堂 ☐誠品 ☐安利美特animate ☐其他________

姓名：________地址：________

聯絡電話：________ 電子郵箱：________

您的性別：☐男 ☐女 您的生日：西元________年________月________日

（請務必填妥基本資料，以利贈品寄送）

您的職業：☐上班族 ☐學生 ☐服務業 ☐軍警公教 ☐資訊業 ☐娛樂相關產業 ☐自由業 ☐其他________

您的學歷：☐高中（含高中以下） ☐專科、大學 ☐研究所以上

☞購買前☜

您從何處得知本書：☐逛書店 ☐網路廣告（網站：________） ☐親友介紹
（可複選） ☐出版書訊 ☐銷售人員推薦 ☐其他________

本書吸引您的原因：☐書名很好 ☐封面精美 ☐書腰文字 ☐封底文字 ☐欣賞作家
（可複選） ☐喜歡畫家 ☐價格合理 ☐題材有趣 ☐廣告印象深刻 ☐其他________

☞購買後☜

您滿意的部份：☐書名 ☐封面 ☐故事內容 ☐版面編排 ☐價格 ☐贈品
（可複選） ☐其他

不滿意的部份：☐書名 ☐封面 ☐故事內容 ☐版面編排 ☐價格 ☐贈品
（可複選） ☐其他

您對本書以及典藏閣的建議________

____

____

✌未來您是否願意收到相關書訊？☐是 ☐否

✎感謝您寶貴的意見✎

印刷品

$3.5
請貼
3.5元
郵票
不思議信箱
FUSIGI POST

235 新北市中和區中山路二段366巷10號10樓
華文網出版集團　收
（典藏閣－不思議工作室）

卷四
小嫣之雪國歷險記

夢空——著
IKU——繪